जब मैंने गांधी को जाना

Flairs and Glairs

Publication House

"Jab Maine Gandhi Ko Jana"

ISBN No: " 978-93-90799-97-8"
1st Edition
Language – English and Hindi

Flairs and Glairs
Publication House
Regd. Under MSME Act.

Copyright. 2021, Deepak Kumar

Disclaimer

This is a work of fiction and solely represent the thoughts of the corresponding author of the articles. Our editors have tried their best to edit the content of all the authors and check the plagiarism.

All the write-ups in this book are unique and are only published in this book.

In case any plagiarism or error is found, only the author is responsible alone, and not the publisher

Cover Designing and Book Formatting
Shubham Shah

अंतर्वस्तु

लेखक की कलम से

पिछले वर्ष, मैं दिल्ली के प्रगति मैदान में लगे पुस्तक मेंले में गया था। वहाँ कई प्रकार की पुस्तको, कि प्रदर्शनी लगी हुई थी, उनमें से एक प्रदर्शनी गांधी जी पर भी आधारित थी क्योंकी उसी वर्ष गांधी जी के 150वीं जयंती कि वर्षगाँठ थी तो उसी उपलक्ष में बहुत सुन्दर और मनोहर तरीके से इस प्रदर्शनी को लगाया गया था। मैं प्रदर्शनी के अंदर जाकर बैठ गया वहाँ गांधी जी के विचारों और उनके जीवन के बारे में चर्चा कि जा रही थी। और यही वो क्षण था जब मैं गांधी जी के विचारों से मुग्ध हो गया। क्योंकि आज तक उन चीजों को ना ही पढ़ा, ना ही जाना, जो मुझे वहाँ सुनने को मिला। मैंने वहाँ पर रखी कई किताबों को पढ़ा और जानने कि कोशिस करने लगा और यही मेरी शुरुआत थी, गांधी को जानने कि।

इस किताब को लिखने से पहले ना ही मैंने उन चीजों को पढ़ा था ना ही जाना था।

इस किताबों को लिखने के क्रम में मैंने सारी चीजों को जाना, गांधीजी के कई अनुयाईयों को सुना, अलग-अलग किताबों को पढ़ा, बहुत सारे लेखकों कि लेखनी को समझने कि कोशिश कि, और फिर सारी जानकारीयाँ इक्क्ठा कर के मैंने इस किताब को लिखना प्रारम्भ किया। आप में से बहुत सारे लोग इस किताब में लिखी बातों से शायाद पहले ही अवगत होंगे, परन्तु मेरा इस किताब को लिखने का यही मकसद है कि, मैं अपनी बातो को आप तक पहुँचाऊ। जो मैंने आज तक गांधी से सीखा उनके कुछ ऐसे विचार जिसपर आज-कल बहुत कम चर्चा होती है। आशा करता हुँ आप सभी को ये पुस्तक पसंद आएगी।

इस किताब को लिखते वक्त हिन्द स्वराज के कई बिंदुओं पर जोर डाला आज के दौर मे कुछ कूपढ़ो के वजह मजबूरी का नाम गांधी कहने का रीवाज प्रचलन पड़ है वहा मै गर्व से कहना चाहता हुँ मजबूरी नहीं मजबूती का नाम है गांधी। पुस्तक मे लिखी गयी सारी बाते मेरी निजी विचार है, और इस पुस्तक को पढ़कर किसी के लिए किसी भी निष्कर्ष पड़ पहुंचना बहुत गलत होगा क्यूंकि "जाकी रही भावना जैसी, प्रभु मूरत देखी तिन तैसी" अब लोगो की सोच भिन्न हो सकती है तो केवल मेरे समझने मात्र से आप सच ना माने गांधी को पढ़े और बढे।

<u>विशेष धन्यवाद</u>

अगर आप किसी के आभारी हैं, तो आभार प्रकट करना आपका सबसे बड़ा धर्म है, क्योंकि मन कि संतुष्टी जब तक पूर्ण ना हो जाये, तब तक सारे सम्पूर्ण कार्य भी अधूरे लगते है। आज जो मैं इस पुस्तक को लिखने में सक्षम हुँ, उसके लिए अगर आज कोई व्यक्ति हक़दार है तो वो है दीपक सर अगर वो ना होते तो शायद आज मैं यहाँ ना होता। भटक रहा होता, और अपनी राह को ढूंढने का प्रयास ही कर रहा होता। उन्हीं के कारण आज मैं सही दिशा में हुँ ।

मैं उनका ये एहसान जो उन्होंने मुझपर किया है उसके लिए हमेंशा कृतज्ञ रहूँगा। नहीं पता क्यों उनका कितना धन्यवाद करूँ, कैसे आभार प्रकट करू कुछ समझ नहीं आ रहा, ये मेरे तरफ से एक छोटा सा धन्यवाद सन्देश आशा करता हुँ उन्हें अच्छा लगेगा ।

प्रस्तावना

दुनिया में कई प्रकार के लॉ (कानून) है उनमें से सबसे अलग और चर्चित जो लॉ या कानून कह ले वो है प्राकृतिक कानून जिसे हम "Nature's law" भी कहते है। जैसे दिन है तो रात है, सुबह है तो शाम है, गर्मी है तो ठण्ड है, सत्य है तो असत्य है, ऐसे कई उदहारण मिल जायेंगे आपको जो इस सत्य को प्रमाणित करते हैं। इनमें सबसे ज़्यादा इस्तेमाल होने वाली जो चीज़ है, वो है "असत्य"। जहाँ सत्य है वहाँ इसकी मजूदगी आज के समय में आपको किसी ना किसी रूप में दिखाई देती रहेगी। और असत्य कि एक यह खूबी है कि ये आपको बहुत मनोहर और प्यारा लगता है, और सच इसके विपरीत है हमेंशा कड़वा और कठोर। इसी असत्य के कुचक्र में मैं कुछ समय पहले फस चुका था। कैसे एक गलत सोच हमारा भविष्य वर्तमान सब कुछ धुँधलाकर रख देती है वो आपको बतऊँगा अपनी इस कहानी में।

हम कैसे अपनी संस्कृती सभ्यता अपने महापुरुषों के बारे में बिना कुछ पढ़े लिखें एक निष्कर्ष पर पहुँच जाते हैं, और मान भी लेते हैं कि यही सत्य है। इस टेक्नोलॉजी के दौर में असत्य इतनी तेज़ी से फ़ैल रहा है, तो हम जैसे युवाओं का ये दायित्व है कि आकर इन सब असत्यता को खत्म करें। लिखने के क्रम में मैंने इस देश में अभी भी गांधीवाद किस रूप में जिन्दा है उसका अनुभव मुझे कैसे हुआ, उसका भी जिक्र किया है।

गांधी

आज के युवा में अगर अपवाद कि बात नहीं कि जाये तो हम सत्य को जानने से कोसो दूर हैं, उसका एक जीवित उद्धारण मैं स्वयं हुँ।

अगर व्यापक स्तर पर देखा जाए तो महात्मा गांधी एक शख्स का नाम नहीं बल्कि एक संस्कृति, एक विरासत है। महात्मा गांधी के जीवन से मनुष्य को सीखने के लिए बहुत कुछ मिलता है। लेकिन यह भी एक सत्य है कि उनकी विचारधारा को कुछ घंटों में समझना मुश्किल है। इसके लिए पर्याप्त अध्ययन की जरूरत है। राष्ट्रपिता महात्मा गांधी का व्यक्तित्व और कृतित्व आदर्शवादी रहा है। उनका आचरण प्रयोजनवादी विचारधारा से ओतप्रोत था। दुनिया के महान लोगों की प्रेरणा के रूप में गांधी जी आज भी जिंदा हैं।

जो चीज़ गांधी जी को एक आदर्श शख्सियत और पाठशाला बनाती है वह हैं उनके प्रयोग और सिद्धांत। उनके हर सिद्धांत के साथ कई प्रयोग और कई अनुभव जुड़े हैं। चाहे वह अहिंसा का सिद्धांत हो या उनके ब्रह्मचर्य का प्रयोग। सभी में आप गांधी जी की प्रयोगात्मक सोच को पाएंगे।

गांधी भारतीय स्वाधीनता आंदोलन के पितामह थे। यदि उनको अपने समय का अर्थशास्त्री, समाजशास्त्री, दार्शनिक, वैद्य, शिक्षाविद, समाज सुधारक, राजनीतिज्ञ, पत्रकार, लेखक,

कानूनविद्, साहित्यकार, सौंदर्यशास्त्री, संत, संयासी कहा जाय तो उसमें कोई अतिश्योक्ति नहीं होगी। अर्थात् वे सबकुछ थे। हमें जो आज तक हमारे गांधी के बारे में बताया गया वो बस हमारे जीवन में एक किताबी ज्ञान ही बनकर रह गया। ना तो कभी किसी सरकार ने, या फिर हमने स्वयं उस चीज को अपने जीवन में उतारने कि कोशिश ही नहीं कि, हमें विद्यालय में जो पढ़ाया जाता है बस उतना ही पढ़कर हम संपन्न हो जाते हैं। मैं उसका विरोध नहीं कर रहा परंतु गांधी पढ़ाई नहीं है, एक दर्शन, एक सोच है गांधी। अगली जो पंक्ति है उसमें आज के बापू के बारे में कैसे वर्णन किया जाता है उसकी एक झलक है।

मोहनदास करमचंद गांधी भारत एवं भारतीय स्वतंत्रता आंदोलन के एक प्रमुख राजनीतिक एवं आध्यात्मिक नेता थे। राजनीतिक और सामाजिक प्रगति की प्राप्ति हेतु अपने अहिंसक विरोध के सिद्धांत के लिए उन्हें अंतरराष्ट्रीय ख्याति प्राप्त हुई।

महात्मा गांधी के पूर्व भी शांति और अहिंसा की के बारे में लोग जानते थे, परंतु उन्होंने जिस प्रकार सत्याग्रह, शांति व अहिंसा के रास्तों पर चलते हुए अंग्रेजों को भारत छोड़ने पर मजबूर कर दिया, उसका कोई दूसरा उदाहरण विश्व इतिहास में देखने को नहीं मिलता। तभी तो संयुक्त राष्ट्र संघ ने भी वर्ष 2007 से गांधी जयंती को 'विश्व अहिंसा दिवस' के रूप में मनाए जाने की घोषणा की है।

विश्व पटल पर महात्मा गांधी सिर्फ एक नाम नहीं अपितु शांति और अहिंसा का प्रतीक हैं। ऐसे महान व्यक्तित्व के धनी महात्मा गांधी की 30 जनवरी, 1948 को नई दिल्ली के बिड़ला भवन में नाथूराम गोडसे द्वारा गोली मारकर हत्या कर दी गई। बस टाइम एंड डेट से ही हम अपने राष्ट्र पिता को पहचानते है आज के समय में गांधी जी कि याद भी बस औपचारिकता के लिए 2 अक्टूबर को याद किया जाता है। वो कहावत है ना मुँह में राम बगल में छुरी।

वही हालात आज के है, हम गांधी को मानते है मगर उनके गांधीवाद को नहीं।

गांधी एक विचार

गांधी जी के बारे में प्रख्यात वैज्ञानिक आइंस्टीन ने कहा था कि- "हजार साल बाद आने वाली नस्लें इस बात पर मुश्किल से विश्वास करेंगी कि हाड़-मांस से बना ऐसा कोई इंसान भी धरती पर कभी आया था।"

गांधी सिर्फ एक उपनाम नहीं है, एक विचार है जो हर एक हिंदुस्तानी के रग-रग में दौड़ना चाहिए। भारत में गांधी की प्रासंगिकता पर भले ही सवाल उठाए जाएं, सवाल उठाने वालों की विचारधारा कुछ भी हो, लेकिन इस हकीकत से इंकार नहीं किया जा सकता कि 21वीं सदी में भी गांधीवाद वो करिश्माई दर्शन है, वो विचार धारा है, जिसके जरिए आज भी विदेशों में शांति, सद्भाव व एकात्मकता को ढूंढ़ा जाता है। एक वाकया, इसी 16 सितंबर का, जापान की काओरी कुरिहारा नामक महिला, जिन्होंने साढ़े सात साल भारत में बिताए, यहां पढ़कर, गांधी दर्शन से जुड़ने का सतत प्रयास किया। अब अपना ज्ञान जापान में जहां-तहां फैला रही हैं।

वह कहती हैं- "मेरे प्रधानमंत्री शिंजो आबे जब अहमदाबाद में बुलेट ट्रेन परियोजना का शिलान्यास करने तथा जापानी तकनीक देने भारत गए थे तो मेरी इच्छा थी कि वो जापानी नागरिकों के लाभ के लिए भारत से बदले में केवल गांधीवादी मूल्य और दर्शन ले आएं।" यानी बुलेट ट्रेन के बदले में गांधी को भारत से लाएं।

भारत ही नहीं दुनिया के तमाम देशों के विचारों में बापू यानी महात्मा गांधी का संदेश गूंज रहा है। गांधी के सुगंधित एहसासों से दुनिया चमक रही है। उन एहसासों को जीवित रखना हमारी जिम्मेदारी है। संकेत यही है कि बापू की मौत नहीं हो सकती। बस, जरूरत सिर्फ इसी बात की है कि हम यह प्रयत्न करते रहें कि गांधीवाद जन-जन के विचारों में जीवित रहें। उनके विचारों को आत्मसात किया जाता रहे।

गांधी का ऐसा विचार ऐसी कूटनीति जो अंग्रेजो को घुटने टेकने पर मजबूर कर दे ऐसे थे हमारे गांधी। यूँही नहीं कहाँ जाता 'दे दी हमें आज़ादी बिना खडक बिना ढाल' ये सत्य है आजादी में सबका योगदान परन्तु इसके लिए गांधी के संघर्षों को मिटा भुला दिया जाये ये कोई तार्किक बात ही नहीं है।

सत्य अहिंसा

सत्य का मूल- गांधी के अनुसार

गांधी का मानना है कि जो हमारी आत्मा कहे वही सत्य है। लेकिन प्रश्न पैदा होता है कि सभी व्यक्तियों की अन्तरात्मा की आवाज सत्य हो सकती है? गांधी जी इस प्रश्न के उत्तर में कहते हैं कि विभिन्न परिस्थितियों में रहते हुए लोगों की अन्तरात्मा की आवाज एक-दूसरे से भिन्न हो पर वह सत्य है- चरम सत्य नहीं। इस प्रकार एक सत्य दूसरे के लिए असत्य हो सकता है। यदि चरम एवं ईश्वरीय सत्य का ज्ञान प्राप्त करना है तो व्यक्ति को सत्य का प्रयोग करना होगा।

गांधी जी ने कहा, सत्य केवल शब्दों की सत्यता ही नहीं बल्कि विचारों की सत्यता भी है और हमारी अवधारणा का सापेक्षिक सत्य ही नहीं है बल्कि निरपेक्ष सत्य भी है, जो ईश्वर ही है। गांधी जी सत्य को निरपेक्ष सत्य के रूप में ग्रहण करते हैं। सत्य को ईश्वर का पर्यायवाची मानते हैं, इसी सत्य के प्रति निष्ठा है। हमारे अस्तित्व का एकमात्र औचित्य हमारी समस्त गतिविधि सत्य पर केन्द्रित होनी चाहिए। सत्य ही हमारे जीवन का प्राण तत्व होना चाहिए। क्योंकि सत्य के बिना व्यक्ति अपने जीवन के वास्तविक लक्ष्य को प्राप्त नहीं कर सकता, यह जरूर हो सकता है कि उसे सफलता मिल जाये लेकिन आन्तरिक शान्ति प्राप्त नहीं होगी।

गांधी जी ने कहा, मैं सत्य का एक विनम्र शोधक हूँ। इसी जन्म में मैं आत्म साक्षात्कार के लिए, मोक्ष प्राप्त करने के लिए आतुर हूँ। करोड़ों गूंगी जनता के हृदय में बसे ईश्वर के सिवाय मैं और किसी ईश्वर को नहीं जानता। लोग अपने अन्दर ईश्वर को पहचानते नहीं। मैं पहचानता हूँ। इन लाखों करोड़ों लोगों की सेवा के द्वारा मैं सत्य रूपी परमेश्वर की पूजा करता हूँ।

सत्य एक हित

गांधी जी सत्य को ईश्वर और ईश्वर को सत्य के रूप में मानते हैं। सत्य हमेंशा हितकर और आनन्दयुक्त है। इसमें शोक या अहित के लिए कोई स्थान नहीं है। सत्य से चित् और आनन्द का अनिवार्य संबंध है। चित् का आशय ज्ञान है। इसलिए सत्य का सुख-आनन्द भी शाश्वत होता है।

सत्य की परिधि

सत्य का क्षेत्र केवल सत्य बोलने तक ही सीमित नहीं है। गांधी जी ने सत्य के क्षेत्र का विस्तार किया। वे वाणी के सत्य को ही सत्य नहीं मानते, अपितु उनके सत्य के विचार और आचार का सत्य भी सम्मिलित है। गांधी जी ने कहा पृथ्वी सत्य के बल पर टिकी हुई असत् असत्य के माने है- "नहीं" - सत्-सत्य जहाँ आसत् अथवा अस्तित्व ही नहीं है और जो सत् अर्थात् है। उसका नाश कौन कर सकता है। बस इसी में सत्याग्रह का समस्त शास्त्र समाविष्ट है।

सत्य स्वभाव से ही प्रकाशमय है जैसे ही अविद्यारूपी आवरण हट जायेगा वैसे ही सत्य रूपी सूर्य प्रकाशित हो उठेगा।

इसलिए सत्यान्वेषण के लिए आत्म-विश्लेषण और आत्मशुद्धि आवश्यक है।

गांधी जी का विचार था कि सत्य निष्ठा पर अडिग रहने के लिए आपेक्षित शक्ति उन्हें अपनी नैतिक शुद्धता तथा काम-क्रोध आदि भयंकर शत्रुओं को अपने से दूर रखने से मिली। इससे दृष्टि और निर्णय दूषित नहीं हो सके। यही कारण था कि वे अन्य राजनीतिज्ञों की अपेक्षा अपनी समस्याओं के आधारभूत सत्य को उन्होंने अच्छी तरह देखा और समझा। इसके साथ-साथ अपनी खामियों-भूलों को भी महसूस करते थे और निःसंकोच रूप से अपनी प्रतिष्ठा की परवाह नहीं करते हुए सार्वजनिक रूप से स्वीकार कर लेते थे।

मनुस्मृति में कहा गया है- "सत्य बोलना भी एक बड़ी कला है" जो जीवन के प्रत्येक क्षेत्र में नित्य एवं अविराम साधना से ही संभव है, जो व्यक्ति अपनी वाणी पर संयम नहीं रख सकता वह सत्यव्रत का पालन नहीं कर सकता। गांधी जी ने कहा- अनुभव ने मुझे सिखाया है कि सत्य के पुजारी के लिए मौन उसके आध्यात्मिक अनुशासन का एक अंग है जाने-अनजाने बढ़ा-चढ़ाकर कहने की, सत्य को दबा देने की, या कम-ज्यादा कर देने की वृत्ति मनुष्य की स्वाभाविक कमजोरी है, और मौन इस पर विजय पाने के लिए जरूरी है।

सत्य का परिवेश व्यापक - गांधी के अनुसार
गांधी जी ने कहा कि सत्य का परिवेश बहुत व्यापक है, उसमें केवल व्यक्ति ही नहीं बल्कि समस्त समाज और राष्ट्र का भी

समावेश है। सम्पूर्ण सत्य (मन, वचन, कर्म का सत्य) का पालन धर्म, राजनीति, अर्थनीति, परिवार सबमें होना चाहिए, व्यक्ति और समाज का कोई पक्ष सत्य से विरक्त न हो। राजनीति में असत्य को आधार माना जाता है लेकिन गांधी जी ने अपने आचरण से सिद्ध कर दिया कि राजनीति में सत्य का पालन पूर्णतः संभव है।

गांधी जी विश्वबंधु संभवतः इसलिए हुए कि उन्होंने सत्य के वैयक्तिक जीवन दर्शन को सामाजिक जीवन व दर्शन में परिणित किया और किसी सीमा तक अपने जैसे व्यक्तित्व की पौध खड़ी कर दी।

गांधी जी का मानना है कि सच्ची विजय सत्य की ही होती है। पर सत्य की विजय सरलता से और आप ही आप देखने में आ जाये तो सत्य की जो कीमत आज है वह न रहे।

सत्य ही ईश्वर है

गांधी जी ने माना सत्य ही परमात्मा है। वह हमेशा मौजूद है और हर एक जीव में काम कर रहा है। सत्य और ईश्वर पर्यायवाची शब्दों के रूप में भी व्यक्त किये जा सकते हैं। सत्य शब्द का प्रचलित अर्थ ईश्वर नहीं। गांधी जी ने अनेक स्थलों पर कहा कि संसार अपरिवर्तनीय और अटल नियमों से संचालित है- ये नियम सत्य हैं अतः यही कहा जा सकता है कि जो अपरिवर्तनीय है। वही सत्य है। गांधी जी ने अपनी आत्मकथा की प्रस्तावना में वेदांत की भाषा का प्रयोग करते हुए कहा कि "वही एक सत्य है और दूसरा मिथ्या।" उनका यह विश्वास दिनोदिन बढ़ता ही गया कि इस दुनिया में एक ही सत्य है। इसके अलावा और कुछ नहीं। इसलिए परमेश्वर सत्य है ऐसा

कहने के बदले सत्य ही परमेश्वर है यह कहना ज्यादा सही है। प्रायः गांधी जी के लिए तो सत्य और परमेश्वर पर्यायवाची शब्द दिखते हैं। इसलिए "ईश्वर के नाम पर कहना और शपथपूर्वक कहना।"

सभी को देखते हुए गांधी जी ने सत्य की व्यापक परिभाषा दी और "ईश्वर को सत्य का पर्यायवाची मान लिया।" ईश्वर ही सत्य है के सिद्धान्त में आस्था रखने वाले, गांधी जी ने सत्य ही ईश्वर है, के सिद्धान्त को माना और उसका प्रचार-प्रसार किया जब देखा कि ईश्वर को नकारने वाले तो बहुत है। परन्तु सत्य को नकारने वाला पैदा नहीं हुआ। सत्य ही वास्तविकता का द्योतक है।

अहिंसा

गांधीजी ने अहिंसा को सत्य को चरितार्थ करने का साधन माना। उनके अनुसार निरंतर अहिंसा का पालन करने का मतलब अन्त में सत्य को प्राप्त करना है किन्तु हिंसा के साथ ऐसी कोई बात नहीं है। इसलिए अहिंसा में मेरी अधिक आस्था है। सत्य स्वाभाविक रूप से मिला लेकिन अहिंसा को मैंने एक संघर्ष के बाद पाया है। अहिंसा के माने हैं प्रेम, त्याग। अहिंसा मरने की कला सिखाती है मारने की नहीं। यही कारण है कि दुनिया की कोई भी शक्ति अहिंसा का मुकाबला नहीं कर सकती। गांधी जी ने देखा कि निजी जीवन में अहिंसा और बाहरी जीवन में हिंसा ये दो चीजें साथ-साथ नहीं चल सकती। इसलिए उन्होंने जीवन के हर क्षेत्र में अहिंसा के पालन का आग्रह किया।

उन्होंने कहा- "हम लोगों के दिल में इस झूठी मान्यता ने घर कर लिया है कि अहिंसा व्यक्तिगत रूप से ही विकसित की जा सकती है और वह व्यक्ति तक ही सीमित है।"

वास्तव में ऐसी बात नहीं, अहिंसा सामाजिक धर्म है और वह सामाजिक धर्म के रूप में विकसित की जा सकती है। सामान्य भाषा में हिंसा किसी प्राणी का प्राण हरण या उसे किसी प्रकार का कष्ट देना ही है क्योंकि हमारा जीवन ही किसी न किसी रूप में हिंसा पर आधारित है। अहिंसा और सत्य के समन्वय से तुम संसार को झुका सकते हो। अहिंसा सर्वोच्च प्रकार की सक्रिय शक्ति है। यह आत्मबल या यों कहें यह हमारे अन्दर देवत्व का फल है। अपूर्ण मनुष्य उस समस्त सारतत्व को ग्रहण नहीं कर सकता, वह उसकी सम्पूर्ण जीत को तो क्या उसके सूक्ष्म को भी सहन नहीं कर सकता और जब यह जीत क्रियाशील हो जाती है तो आश्चर्यजनक काम करती है।

अहिंसा एक निषेधात्मक शब्द

शाब्दिक दृष्टि से अहिंसा एक नकारात्मक शब्द है। अ + हिंसा = अहिंसा, हिंसा नहीं। अर्थात् हिंसा को नकारना लेकिन जिस चीज को नकारा जा रहा है उसे समझना आवश्यक है। हिंसा 'न' धातु से उत्पन्न हुई है इस धातु का शाब्दिक अर्थ चोट पहुँचाना, हत्या करना, समाप्त करना आदि। इसी शब्द से हिंसा शब्द बना है जिसका शाब्दिक अर्थ है चोट पहुँचाने की या हत्या की इच्छा। हिंसा शब्द के आगे 'अ' प्रत्यय जोड़ देने पर अहिंसा शब्द बनता है। जिसका शाब्दिक अर्थ होगा चोट न पहुँचाना अथवा हत्या न करना इसलिए शाब्दिक अर्थ में अहिंसा एक नकारात्मक शब्द है।

अहिंसा धार्मिक संस्कारों के साथ जुड़ा शब्द
व्यावहारिक अर्थ में अहिंसा हमारे धार्मिक संस्कारों के साथ जुड़ी हुई है। पातंजलि योगसूत्र में अहिंसा को न केवल समुचित महत्व दिया गया है, यहाँ पर पंचायत में अहिंसा को स्थान देते हुए इस बात पर जोर दिया गया है कि उसी से मनुष्य का आध्यात्मिक विकास संभव है। योगसूत्र में भी आधुनिक काल में अहिंसा ने एक नया रूप धारण कर लिया जो सतह पर स्थिर नहीं बल्कि वह व्यापक और विशाल हो गया है।

अहिंसा का अर्थ मोक्ष और मोक्ष सत्यानुभव को कहते हैं। यहाँ पर डर का कोई स्थान नहीं है। हिंसा इस संसार में निरंतर चलती ही रहेगी। गीता इससे बचकर निकलने का मार्ग बताती है। युद्ध में मार डालना या मारा जाना, डरकर जीने से कहीं अधिक अच्छा है। यथार्थ तो यह है कि जहाँ सत्य है वहीं अहिंसा है वहीं सत्य है। गांधी जी ने कहा क्रोध अहिंसा का शत्रु है और अभिमान तो ऐसा राक्षस है कि वह उसे निगल ही जाता है। गांधी जी ने कहा कि मुझे तो अहिंसा के सिवाय कोई दूसरा कुछ दिखाई नहीं देता। मुझे विश्वास है कि अहिंसा की सदा जय होती है। जिस दिन यह प्रतीति हो जायेगी कि अहिंसा निष्फल है उस दिन मेरे लिए मृत्यु ही विराम स्थान होगा।

अहिंसा से शक्ति और आन्दोलन

वर्तमान समय में राष्ट्रों को यह पहचान हो गयी है कि अहिंसा के द्वारा किसी भी शक्ति और आन्दोलन को जीता जा सकता है। अहिंसा ईमारत की नींव की तरह कार्य करती है, अहिंसा ऐसा शस्त्र जिससे विश्वशांति स्थापित की जा सकती है। हिंसा और युद्धों के द्वारा यह महान कार्य कभी नहीं होगा। अहिंसा रूपी शस्त्र बौद्धिक नहीं यह श्रद्धा, प्रेम तथा विश्वास पर आधारित है। इसमें तर्क का कोई स्थान नहीं है। अहिंसा एक अमोघ हथियार है। जिस मनुष्य ने अहिंसा शक्ति को पूर्ण तथा साध्य कर लिया उसका मुकाबला दुनिया की कोई भी शक्ति नहीं कर सकती।

गांधी जी मानते हैं कि अहिंसा का मार्ग सहज था और उनके द्वारा आन्दोलन करना संभव था। गांधीवादी लेखक रमणमूर्ति का भी विचार है कि क्रान्तिकारियों व आतंकवादियों की असफलता और निराशा ने गांधी जी को भारत के स्वतंत्रता संग्राम में अहिंसा को एक संघर्ष पद्धति के रूप में अपनाने के लिए प्रेरित किया। यदि बिना सत्य व अहिंसा के त्याग से हम उद्देश्य तक नहीं पहुँच सकते तो मैं असीम धैर्य के साथ प्रतीक्षा कर सकता हूँ।

वर्तमान की सबसे बड़ी समस्या यह है कि मानव जाति विघटित एवं विभाजित पड़ी है। भारत के शीर्षस्थ दार्शनिक डॉ राधाकृष्णन् का भी यह कहना है कि आध्यात्मिक जीवन की पवित्रता एवं श्रेष्ठता, मानव जाति के बन्धुत्वबोध तथा शांति के प्रति प्रेम इन आदर्शों के आधार पर एक पूरी नई पीढ़ी को प्रशिक्षित करने की आवश्यकता है। दूसरे शब्दों में इसका अर्थ सामाजिक कार्यों में अहिंसा का प्रयोग करना।

गांधी जी ने कहा हम भारत को अहिंसा अपनाने की सलाह इसलिए नहीं दे रहे कि वह कमजोर है बल्कि हम तो उसे यह सलाह इसलिए दे रहे कि वह अपनी शक्ति को जानकर ही अहिंसा पर अमल करे। मैं चाहता हूँ कि भारत यह महसूस कर ले कि उसमें ऐसी आत्मा है जो कभी भी मर-मिट नहीं सकती। वह शारीरिक कमजोरी से ऊपर उठकर तमाम दुनिया की सारी शारीरिक ताकत को चुनौती दे सकती है और विजय प्राप्त कर सकती है।

अहिंसा के प्रयोग पर दार्शनिकों के विचार

भगवान महावीर ने अहिंसा की परिभाषा इस प्रकार दी है- "प्राणी मात्र के प्रति संयम रखना ही अहिंसा है।" गौतम बुद्ध ने अहिंसा की परिभाषा देते हुए बतलाया कि त्रस या स्थावर जीवों को न मारे, न मरावे, न मारने वाले का अनुमोदन करे।

गीता में श्रीकृष्ण की वाणी इस प्रकार प्रभावित हुई है- "ज्ञानी पुरुष ईश्वर को सर्वत्र समान रूप से व्याप्त देखकर हिंसा की प्रवृत्ति नहीं करता, क्योंकि वह जानता है कि हिंसा करना खुद अपनी ही घात करने के बराबर है। और इस प्रकार हृदय के शुद्ध और पूर्ण रूप से विकसित होने पर वह उत्तम गति को प्राप्त करता है।" गांधी जी ने कहा, अहिंसा सूक्ष्म जीवों से लेकर मनुष्य तक सभी जीवों के प्रति सम्भाव ही है।

सारांश यह है कि उक्त कथनों-विचारों में दया, करुणा का सागर उमड़ रहा है। प्रायः कथनाकारों ने बताया कि मनसा, वाचा, कर्मणा से प्राणी को कष्ट न पहुँचाना अहिंसा है। सूक्ष्म से लेकर स्थूल तक सभी जीवों के प्रति मैत्रीभाव रखना अहिंसा है। अहिंसा मानवता की आधारशिला है और मानवता का उज्ज्वल

प्रतीक परिवार, समाज, देश और राष्ट्र में यदि शांति के संदर्शन हो सकते हैं तो एकमात्र अहिंसा से ही, हम कह सकते हैं कि अहिंसा विश्व की आत्म-प्राण है और चेतना का स्पन्दन है। गांधी जी का मानना है कि अहिंसा अचूक है वह कभी नाकाम नहीं होती। सच्ची अहिंसा की ताकत का एक अंश भी कभी ज़ाया नहीं जा सकता।

अहिंसा की सफलता के लिए शर्तें
अहिंसा परम श्रेष्ठ मानव धर्म है, पशुबल से यह अनंत गुना महान और उच्च है।
जो व्यक्ति और राष्ट्र अहिंसा का अवलम्बन करना चाहे, उन्हें आत्मसम्मान को छोड़कर अपना सर्वस्व (राष्ट्र को तो एक-एक आदमी) गवाने के लिए तैयार रहना चाहिए। इसलिए वह दूसरों के मुल्कों को हड़पने अर्थात् आधुनिक साम्राज्यवाद से, जो कि अपनी रक्षा के लिए शक्ति पर निर्भर रहता है, बिल्कुल मेल नहीं खा सकता।
अहिंसा समाज, राष्ट्र एवं हर व्यक्ति के लिए परम आवश्यक है। यह समझना गलत है कि अहिंसा केवल व्यक्तियों के लिए ही आवश्यक है। वह धर्म की तरह है।

हिंसा और अहिंसा में भेद

हिंसा सदा अशांति, अभाव, बुराई, कलह और विग्रह के आश्रय में रहती है जबकि अहिंसा स्वयं एक शांति है, समृद्धि है उसमें समता है स्वावलम्बन, प्रेम, दया और आत्मानुभूति का सुख, हिंसा मानसिक रोग है जबकि अहिंसा ऐसा स्वास्थ्य है जिसमें आदमी अधिभौतिक आध्यात्मिक उन्नति को प्राप्त कर आत्मानंद परमानंद का अधिकारी बन जाता है।

गांधी जी ने कहा कि हिंसा का मार्ग अहिंसा के मार्ग की अपेक्षा कोई बहुत बड़ा आश्वासन नहीं दिलाता है जिसकी कोई सीमा नहीं। कारण यह है कि उसमें अहिंसा के पुजारी की श्रद्धा का अभाव होता है।

अहिंसा का स्वरूप

अहिंसा का मूल आधार प्रेम है। उन्होंने माना कि जो हमें प्रेम करता है उससे भी हम प्रेम करें, यह अहिंसा नहीं। अहिंसा तो तब है जब अपने विरोधी शत्रु या अपने से विद्वेष रखने वाले को भी प्रेम करे। गांधी जी के मन में जिनके प्रति असहयोग किया जाता था उनके प्रति घृणा नहीं बल्कि प्रेम ही था। यह अहिंसा की भावात्मक व्याख्या है। जिसमें भगवान बुद्ध की मैत्री और करुणा, महावीर की मैत्री, करुणा, प्रमोद एवं मध्यस्थ और हिन्दू धर्म की जीव दया या भूत दया की भावनाएँ हैं। ईसा भी कहते हैं दुश्मनों से प्यार करो।

अहिंसा के लक्ष्य एवं सकारात्मक पक्ष

गांधी के दर्शन में अहिंसा के तीन लक्ष्य दिखायी देते हैं।

(1) सत्य की उपलब्धि- अहिंसक व्यक्ति ही सत्य के दर्शन कर सकता है। हिंसा से सत्य दूर रहता है हिंसा और सत्य कभी मिलकर नहीं बैठ सकते।

(2) प्राणीमात्र का हित साधना- अहिंसा पालन के बिना कोई व्यक्ति प्राणी हित की बात अपने विचार में नहीं ला सकता। अहिंसा प्राणी अलग-अलग नहीं है।

(3) समाज का पुनः निर्माण- अहिंसा के बिना समाज का पुनः निर्माण संभव नहीं। उनका मूल आधार अहिंसा है। समाज व्यवहार रूप में अहिंसा से ही चलता है।

अहिंसा सभी प्रकार की दुर्भावनाओं तथा उन पर आधारित दुर्व्यसनों के स्थान पर स्नेह, विनम्रता, प्रेम, दया, करुणा, न्याय तथा निर्भयता जैसे सद्भावों में झलकती है। गीता में वर्णित स्थितप्रज्ञ का-सा आचरण होता है, न वह किसी का बुरा चाहता है, न किसी के लिए बुरे वचन बोलता है उसका आचरण बुरा अथवा अभद्र होता है। अहिंसा से विरोधी को मित्र बनाया जा सकता है।

अहिंसा आत्मबल और निर्भयता के बिना चल नहीं सकती क्योंकि इसमें प्रतिहिंसा की भावना नहीं अपितु क्षमा की भावना रहती है।

आधुनिक भारत और अहिंसा

गांधी जी ने अहिंसा रूपी अस्त्र का प्रयोग एवं उसकी पालना कठोर से कठोर परिस्थिति में कि। उस दृष्टि से अहिंसा शांति का आमेघ अस्त्र है यह तथ्य हजारों वर्ष पहले ही अनुभव कर लिया गया था। जो साधना के क्षेत्र में बढ़ते हैं उन्हें अहिंसा का सूक्ष्म, सूक्ष्मतर और सूक्ष्मतम पालन करना पड़ता है। वह

केवल व्यक्ति ही नहीं अपितु सारा संसार शांति आश्वासन प्राप्त करता है।

आज अहिंसा की बात अधिक होती है पर उस पर अमल कम हो रहा है। शस्त्रों की भरमार होती जा रही है जिससे यह अनुभव हो रहा है कि अहिंसा औपचारिक आधार पर ही इसकी उपयोगिता रह गयी है।

आलोचना एवं निष्कर्ष

गांधी जी ने जीवन में किसी को शत्रु नहीं माना शायद इसी गुण के कारण महात्मा कहलाये। उनका यह मानना था कि जैसा वे एक मित्र से करते वैसा ही शत्रु से भी प्रेम करना चाहिए। समालोचकों का दावा है कि एक वैयक्तिक गुण के रूप में अहिंसा कितनी ही आदर्श और अनुकरणीय क्यों न हो, स्थायी प्रयोग के लिए राजनैतिक साधन के रूप में यह एक क्षण के लिए भी कसौटी पर खरी नहीं उतरती।

गांधी जी ने जीवन भर सत्य और अहिंसा को अपने मूल मंत्र के रूप में विकसित एवं पूर्णतः से उसको जीवन में उतारा।

गांधी जी ने आत्मा की आवाज को सत्य कहा लेकिन सत्य को ईश्वर के साथ जोड़ा और कहा सत्य ही ईश्वर है। गांधी जी संसार को अपरिवर्तनीय तथा अटल नियमों से संचालित होता है ऐसा वह मानते हैं। सत्य ही हमारे जीवन का प्राणतत्व है। सत्य के बिना जीवन किसी सिद्धान्त या नियम का पालन कठिन है।

सत्य किसी भी परिस्थिति में हितकारी ही है जबकि असत्य बोलकर कुछ समय के लिए शांति प्राप्त कर सकते हैं, लेकिन एक झूठ के लिए अनेक झूठ बोलने पड़ते हैं और इससे हममें कितनी अशांति उत्पन्न होती है उसका अन्दाजा लगाना कठिन

है। सत्य को केवल व्यक्ति के लिए ही आवश्यक नहीं मानते बल्कि वह समूह और समाज के लिए भी आवश्यक मानते हैं। गांधी जी ने माना कि व्यक्ति ईश्वर को नकार सकता है लेकिन सत्य को नकारना संभव नहीं है। गांधी जी के अनुसार सत्य जंगलों या पहाड़ों पर मिलने वाली चीज नहीं है। यह तो संसार में रहते ही संभव है। यदि व्यक्ति दूसरे के दुःख दर्द में सहायक हो जाये तो सत्य के स्वयं ही दर्शन हो जायेंगे।

गांधी जी ने अहिंसा को साधन के रूप में स्वीकार किया। अहिंसा का साधारण अर्थ दूसरों को कष्ट न देना है। सत्य और अहिंसा ऐसे अस्त्र हैं। जिनके द्वारा संसार को झुकाया जा सकता है- विरोधी को अपने प्रति प्रेम-सद्भावना रखने के लिए मजबूर किया जा सकता है।

वर्तमान सन्दर्भ में अहिंसा की व्यावहारिकता पर लोगों का विश्वास नहीं रहा। आज देश में अलग प्रकार का वातावरण है। चारों ओर घमासान-सा नजर आता है। मानवीय मूल्य मृतप्राय हो गये हैं। आत्मविश्वासी सूर्य भी धूमिल हो गया है।

अतः यह कहा जा सकता है कि अहिंसा एवं सत्य के प्रति आस्था का उदय आध्यात्मिक एवं ईश्वरीय प्रेम से ही हो सकता है और गांधी जी इसी को ईश्वर मानते थे उनके लिए सत्य ही ईश्वर था जो एक अमूल्य खजाना था। यह ठीक है कि किसी व्यक्ति विशेष की आस्था गांधी की तरह ईश्वर में न हो किन्तु उनके अहिंसा के अस्त्र को नकारा नहीं जा सकता।

गांधी एक योद्धा

योद्धा शब्द सुनकर ही आपको बलवान शरीर वाले व्यक्ति का ख्याल आता होगा पर जब 61 वर्ष से भी अधिक आयु के व्यक्ति, बिना किसी लोभ से जनहित में अगर आज के समय निकल पड़ेगा तो लोग उसे पागल ही कहेंगे। तन पर थे खादी के कपड़े और निकल पड़े बापू अपने अनुयायियों के साथ नमक कानून को तोड़ने के लिये। आज के समय इस उम्र तक शरीर काम नहीं करता। उस उम्र में गांधीजी समेंत 78 लोगों के द्वारा अहमदाबाद साबरमती आश्रम से समुद्रतटीय गाँव दांडी तक पैदल यात्रा करना अगर मान लिया जाये तो रोज 16-19 किलोमीटर पैदल चलना सोच कर ही होश उड़ जाते है, पर उन्होंने इसे सत्य किया। उन्होंने 06 अप्रैल 1930 को नमक हाथ में लेकर नमक विरोधी कानून का भंग किया। भारत में अंग्रेजों के शासनकाल के समय नमक उत्पादन और विक्रय के ऊपर बड़ी मात्रा में कर लगा दिया था और नमक जीवन के लिए जरूरी चीज होने के कारण भारतवासियों को इस कानून से मुक्त करने और अपना अधिकार दिलवाने हेतु ये सविनय अवज्ञा का कार्यक्रम आयोजित किया गया। कानून भंग करने के बाद सत्याग्रहियों ने अंग्रेजों की लाठियाँ खाई थी, परंतु पीछे नहीं मुड़े।

दांडी मार्च तो एक झलक है इनके अलावा भी बहुत सारे आंदोलन है जिन्होंने गांधी को महात्मा बनाया।

चंपारण आंदोलन (1917)

भारतीय स्वतंत्रता संग्राम के लिए बिहार में चंपारण आंदोलन महात्मा गांधी की पहली सक्रिय भागीदारी थी। जब गांधी जी 1915 में भारत लौटे, तो उस समय देश अत्याचारी अंग्रेजों के शासन के अधीन था। अंग्रेजों ने किसानों को उनकी उपजाऊ भूमि पर नील और अन्य नकदी फसलों को उगाने के लिए मजबूर किया और फिर इन फसलों को बहुत सस्ती कीमत पर बेच दिया। मौसम की बदहाल स्थिति और अधिक करों की वजह से किसानों को अत्यधिक गरीबी का सामना करना पड़ा जिसके कारण किसानों की स्थिति अधिक दयनीय हो गई।

चंपारण में किसानों की दयनीय स्थिति के बारे में सुनकर, गांधी जी ने तुरंत अप्रैल 1917 में इस जिले का दौरा करने का निर्णय लिया। गांधी जी ने सविनय अवज्ञा आंदोलन के दृष्टिकोण को अपनाया और प्रदर्शन शुरू किया और अंग्रेज जमींदारों के खिलाफ हड़ताल करके उन्हें झुकने पर मजबूर कर दिया। इसके परिणामस्वरूप, अंग्रेजों ने एक समझौते पर हस्ताक्षर किए जिसमें उन्होंने किसानों को नियंत्रण और क्षतिपूर्ति प्रदान की और राजस्व और संग्रह में वृद्धि को रद्द कर दिया था। इस आंदोलन की सफलता से गांधी जी को महात्मा की उपाधि प्राप्त हुई।

खेड़ा आंदोलन (1918)

खेड़ा आंदोलन गुजरात के खेड़ा जिले में किसानों का अंग्रेज सरकार की कर-वसूली के विरुद्ध एक आन्दोलन था। 1918 में खेड़ा गांव बाढ़ और अकाल पड़ने के कारण काफी प्रभावित हुआ जिसके परिणामस्वरूप तैयार हो चुकी फसलें नष्ट हो गईं। किसानों ने अंग्रेज सरकार से करों के भुगतान में छूट देने का अनुरोध किया लेकिन अंग्रेज अधिकारियों ने इनकार कर दिया। गांधी जी और वल्लभभाई पटेल के नेतृत्व में, किसानों ने अंग्रेज सरकार के खिलाफ एक क्रूसयुद्ध की शुरुआत की और करों का भुगतान न करने का वचन लिया। इसके परिणामस्वरूप, अंग्रेज सरकार ने किसानों को उनकी भूमि जब्त करने की धमकी दी लेकिन किसान अपनी बात पर अडिग रहे। पांच महीने तक लगातार चलने वाले इस संघर्ष के बाद, मई 1918 में अंग्रेज सरकार ने, जब तक कि जल-प्रलय समाप्त नहीं हो गया, गरीब किसानों से कर की वसूली बंद कर दी और किसानों की जब्त की गई संपत्ति को भी वापस कर दिया।

खिलाफत आंदोलन (1919)

प्रथम विश्व युद्ध के बाद, खलीफा और तुर्क साम्राज्य पर कई अपमानजनक आरोप लगाए गए। मुस्लिम अपने खलीफा की सुरक्षा के लिए काफी भयभीत हो गए और तुर्की में खलीफा की दयनीय स्थिति को सुधारने और अंग्रेज सरकार के खिलाफ लड़ने के लिए गांधी जी के नेतृत्व में खिलाफत आंदोलन शुरू किया। गांधी जी ने 1919 में भारतीय स्वतंत्रता संग्राम में अपने राजनीतिक समर्थन के लिए मुस्लिम समुदाय से संपर्क किया और बदले में मुस्लिम समुदाय को खिलाफत आंदोलन शुरू करने में सहयोग किया। महात्मा गांधी अखिल भारतीय मुस्लिम सम्मेलन के एक उल्लेखनीय प्रवक्ता बने और दक्षिण अफ्रीका में ब्रिटिश साम्राज्य से प्राप्त हुए पदकों को वापस कर दिया। इस आंदोलन की सफलता ने महात्मा गांधी को कुछ ही समय में राष्ट्रीय नेता बना दिया।

<u>असहयोग आंदोलन (1920)</u>

1920 में असहयोग आंदोलन के शुरू करने के पीछे जलियावालां बाग हत्याकांड एकमात्र कारण था। इस हत्याकांड ने गांधी जी की अंतरात्मा को झंझोड़ कर रख दिया। उनको यह महसूस हुआ कि अंग्रेज भारतीयों पर अपना प्रभुत्व स्थापित करने में सफल हो रहे हैं। फिर यही वह समय था जब उन्होंने एक असहयोग आंदोलन शुरू करने का फैसला लिया था। कांग्रेस और उनकी अजेय भावना के समर्थन के साथ, वह उन लोगों को विश्वास दिलाने में सफल रहे जो यह जानते थे कि शांतिपूर्ण तरीके से असहयोग आंदोलन का पालन करना ही स्वतंत्रता प्राप्त करने की कुंजी है। इसके बाद, गांधी ने स्वराज की अवधारणा तैयार की और तब से यह भारतीय स्वतंत्रता संग्राम का मुख्य हिस्सा बन गए। इस आंदोलन ने रफ्तार पकड़ ली और शीघ्र ही लोगों ने अंग्रेजों द्वारा संचालित संस्थानो जैसे स्कूलों, कॉलेजों और सरकारी कार्यालयों का बहिष्कार करना शुरू कर दिया। इस आंदोलन को शीघ्र ही स्वयं गांधी जी द्वारा समाप्त कर दिया गया था। इसके बाद चौरी-चौरा की घटना हुई जिसमें 23 पुलिस अधिकारी मारे गए थे।

भारत छोड़ो आंदोलन (1942)

भारत छोड़ो आंदोलन महात्मा गांधी द्वारा द्वितीय विश्व युद्ध के दौरान 8 अगस्त 1942 को भारत से ब्रिटिश साम्राज्य को समाप्त करने के लिए चलाया गया था। गांधी जी के आग्रह करने के कारण भारतीय कांग्रेस समिति ने भारत की ओर से बड़े पैमाने पर अंग्रेजों से भारत छोड़ने के तकाज़े और गांधी जी ने "करो या मरो" का नारा दिया। इसके परिणामस्वरूप, अंग्रेज अधिकारियों ने भारतीय राष्ट्रीय कांग्रेस के सभी सदस्यों को तुरंत गिरफ्तार कर लिया और जाँच किए बिना उन्हें जेल में डाल दिया। लेकिन देश भर में विरोध -प्रदर्शन जारी रहा। अंग्रेज भले ही भारत छोड़ो आंदोलन को रोकने में किसी भी तरह से सफल रहे हों लेकिन जल्द ही उन्हें यह महसूस हो गया था कि भारत में शासन करने के उनके दिन समाप्त हो चुके हैं। द्वितीय विश्व युद्ध के अंत तक, अंग्रेजों ने भारत को सभी अधिकार सौंपने के स्पष्ट संकेत दिए। आखिरकार, गांधी जी को यह आंदोलन समाप्त करना पड़ा जिसके परिणामस्वरूप हजारों कैदियों की रिहाई हुई।

और 6वां आंदोलन था, जिसके बारे में हमने आपसे ऊपर ही जिक्र कर लिया है "दांडी मार्च" या नमक सत्याग्रह।

कई लोग गांधी जी की अहिंसा की नीति को उनकी कमजोरी मानते हैं। ऐसे लोगों की सोच है कि गांधी जी की वजह से ही अंग्रेजी हुकूमत के खिलाफ लोगों ने बल का प्रयोग नहीं किया। लेकिन गांधी की नीति इस पर बहुत ही साफ थी। गांधी का कहना था कि अगर उन्हें हिंसा और कायरतापूर्ण लड़ाई में से

किसी एक को चुनना हो तो वह कायरता की बजाय हिंसा को चुनते। वह किसी कायर को अहिंसा का पाठ नहीं पढ़ाना चाहते थे। उनके लिए यह कुछ ऐसा ही था जैसे किसी अंधे को लुभावने दृश्यों की ओर प्रलोभित करना। गांधीजी की नजरों से देखें तो अहिंसा शौर्य का शिखर है। खुद गांधी जी ने भी अहिंसा का महत्व तभी समझा जब उन्होंने कायरता को छोड़ना शुरू किया।

गांधी और रामराज्य

भारत में 'रामराज्य' शब्द के अर्थ को लेकर कई भ्रांतियां रही हैं। कई विद्वान इस शब्द के प्रयोग से बचते रहे हैं। लेकिन अब जबकि इस शब्द के अर्थ का नए सिरे से राजनीतिक दुरुपयोग हो रहा है और इसके एक संकीर्ण अर्थ को राजनीतिक रूप से स्थापित करने की अज्ञानतापूर्ण कोशिश हो रही है, तो ऐसी स्थिति में हमें गांधी के सपनों का वास्तविक 'रामराज्य' फिर से समझने की जरूरत है। ऐसा नहीं है कि स्वयं गांधीजी के समय में इस शब्द के प्रति भ्रांतियां नहीं थीं। कई मौकों पर खुद उन्हें इस पर स्पष्टीकरण देना पड़ा था। इसलिए विभिन्न अवसरों पर उनके रामराज्य संबंधी वक्तव्यों का पुनर्पाठ इस मायने में बहुत ही महत्वपूर्ण हो सकता है।

गांधी जी ने अपने जीवन में बहुतो बार रामराज्य का वर्णन किया है। उनके अनुसार रामराज्य का मतलब वो राज्य है जहाँ कि प्रजा ख़ुश रहे जहाँ असत्य ना बोला जाये, जिस राज्य में छल, कपट, द्रेष, ईर्ष्या, अपराध ना हो, वही रामराज्य है और हाँ! सबसे महत्वपूर्ण जहाँ कोई भूखा नहीं सोये, ऐसे थे हमारे बापू और कहते हुए शर्म आती है। कि कैसी-कैसी भ्रान्तिया फैलाई गई है हमारे देश में।

मैं आज गर्व से कह सकता हुँ कि मैरे देश में आज भी रामराज्य जीवित है। क्योंकी रामराज्य के समय में छल, कपट, द्रेष और घुस नहीं चलता था।

आपको मैं अपनी कुछ बात बता रहा हुँ, इस बात को लिखुँ या ना लिखुँ इसीपर बार-बार विचार कर रहा था। परन्तु अब निर्णय लिया कि लिख ही दूँ। मै बचपन से औसत छात्र रहा हुँ, और मुझे पढ़ने का बहुत शौक था। आज के भारत में जहाँ बिना घुस दिए एक पेपर ना आगे बढ़े, उस सिस्टम में मुझे बिना कोई घुस दिए एजुकेशन लोन मिला, भाग्यवश जिस बैंक से मैंने ऋण लिया था उस बैंक के शाखा प्रबंधक का भी नाम दीपक कुमार ही था। उस वक्त वो मेरे गृह जिला में idbi बैंक में नियुक्त थे, उन्होंने मुझसे बिना कोई रूपए लिए मुझे लोन दे दिया, उनकी बहुत इच्छा है कि मै पढ़ूं, अगर अपने किताब लिखने के क्रम में मैं उनका जिक्र ना करूँ तो शायद ये मेरी पुस्तक पुरी होकर भी अधूरी रह जाएगी।

अब मैं कहता हुँ यही तो है रामराज्य और होता क्या है रामराज्य, गांधी जी कि भी यही परिकल्पना थी। गांधी जी के वर्णनों के अनुसार उनके अर्थ वाले रामराज्य के निर्माण में महिलाओं की भागीदारी अनिवार्य बताते हुए 16 जनवरी, 1925 को महिलाओं की एक विशेष सभा में महात्मा गांधी ने कहा था - 'मैं सदा से कहता आया हूं कि जब तक सार्वजनिक जीवन में भारत की स्त्रियां भाग नहीं लेतीं, तब तक हिन्दुस्तान का उद्धार नहीं हो सकता। लेकिन सार्वजनिक जीवन में वही भाग ले सकेंगी जो तन और मन से पवित्र हैं। जिनके तन और मन एक ही दिशा में - पवित्र दिशा में चलते जा रहे हों, जब तक ऐसी स्त्रियां हिन्दुस्तान के सार्वजनिक जीवन को पवित्र न कर दें, तब तक रामराज्य अथवा स्वराज्य असंभव है। यदि ऐसा स्वराज्य संभव भी हो गया, तो वह ऐसा स्वराज्य होगा जिसमें

स्त्रियों का पूरा-पूरा भाग नहीं होगा, और वह मेरे लिए निकम्मा स्वराज्य होगा।'

अयोध्या में राम मंदिर निर्माण की तैयारियों के साथ यह प्रचार तेजी से चल रहा है कि रामराज्य की स्थापना होने जा रही है। इसी से जोड़कर यह भी कहा जा रहा है कि महात्मा गांधी भी तो रामराज्य की ही स्थापना चाहते थे। दूसरी ओर वामपंथी और आंबेडकरवादी गांधी की रामराज्य की अवधारणा को हिंदूवादी और स्वर्णवादी अवधारणा मानकर चलते हैं। इसीलिए वे कहते हैं कि मूल रूप से गांधी तो लोकतांत्रिक व्यवस्था के विरुद्ध थे। ऐसे में यह चर्चा जरूरी हो जाती है कि आखिर में गांधी का रामराज्य क्या था? क्या वह अयोध्या के राजा दशरथ के पुत्र राम के राज्य जैसा था या वह कुछ और था? क्या उसमें वर्णव्यवस्था और ऊंच नीच के लिए स्थान था या फिर वह बराबरी पर आधारित एक लोकतांत्रिक राज्य था। जहां राजा सचमुच अपनी प्रजा का सेवक था और संप्रभुता राज्य नहीं समाज के पास थी।

गांधी के राम दरअसल सिर्फ दशरथ के पुत्र और अयोध्या के राजा राम नहीं थे। वे एक दैवीय अवधारणा थे। गांधी ने अपनी विशिष्ट संचार शैली के चलते रामराज्य का रूपक जनता के समक्ष प्रस्तुत किया था। इसका उद्देश्य आम आदमी के हृदय में एक स्वप्न जागृत करना था। लेकिन उनका इरादा किसी प्राचीन राज्य की स्थापना करना नहीं था। वे प्राचीन नाम से लोगों की कल्पना में उतरना चाहते थे और फिर उसमें एक लोकतांत्रिक राज्य की संस्थाएं गढ़ना चाहते थे। उनके लिए ईश्वर का अर्थ पहले भले ही सत्य रहा हो लेकिन बाद में उनके

बलिए सत्य ही ईश्वर हो गया था। इसलिए वे राम के नाम पर ईश्वर यानी सत्य का राज्य कायम करना चाहते थे। संभवतः एक पारदर्शी और जवाबदेह लोकतंत्र वही होता है जिसकी स्थापना सत्य पर आधारित हो। जहां न तो राजा झूठ बोले और न ही प्रजा झूठ सहे। जहां झूठ सबसे निंदनीय कार्य समझा जाए।

भावनगर में 8 जनवरी 1925 को काठियावाड़ राजनीतिक सम्मेलन आयोजित हुआ। उस सम्मेलन की अध्यक्षता करते हुए गांधी ने रामराज्य की जो व्याख्या की वह ध्यान देने लायक हैः

'राम ने एक कुत्ते के साथ भी न्याय किया। राम ने सत्य के लिए अपना राजपाट छोड़कर वन गमन किया जो कि सारी दुनिया के राजाओं के लिए मर्यादा का पाठ है। उन्होंने एक पत्नीव्रत का पालन करते हुए यह दर्शाया कि राजवंश से संबद्ध होने के बावजूद कोई गृहस्थ व्यक्ति पूर्ण आत्मसंयम का पालन कर सकता है। राम को जनमत जानने के लिए आज की तरह मतदान की आवश्यकता नहीं थी बल्कि वे अंतरज्ञान के माध्यम से ही लोगों के हृदय की बात जान लेते थे। राम की प्रजा बहुत प्रसन्न थी। इस तरह का रामराज्य आज भी कायम किया जा सकता है। राम के वंशज समाप्त नहीं हुए हैं।'

राम के बारे में इस वर्णन से लगता है कि वे हिंदुओं के आराध्य राम की बात कर रहे हैं और शायद वे वही राम हैं जिसके मंदिर निर्माण के लिए हिंदुत्ववादियों ने जमीन आसमान एक कर दिया। लेकिन इसी व्याख्यान का अंतिम हिस्सा सुनने के बाद लगता है कि गांधी के राम तो कोई और ही थे जिसे आज के हिंदुत्ववादी समझ ही नहीं सकते। वे आगे कहते हैः---

'आधुनिक युग के संदर्भ में कहा जा सकता है कि पहले खलीफा ने रामराज्य स्थापित किया। अबू बकर और हजरत उमर ने करोड़ों के राजस्व इकट्ठा किए फिर भी निजी तौर पर वे फकीर की तरह ही रहते थे।'

गांधी की यह पंक्तियां उनके रामराज्य के सांप्रदायीकरण की सारी संभावना को समाप्त कर देती हैं। इससे आगे वे 'हरिजन' अखबार में अपने राम की व्याख्या करते हुए कहते हैः—

'मेरे राम यानी जिसका जाप हम अपनी प्रार्थना में करते हैं वे ऐतिहासिक राम नहीं हैं। वे राजा दशरथ के पुत्र और अयोध्या के राजा नहीं हैं। वे सनातन हैं, वे अजन्मा हैं और वे अद्वितीय हैं।'

गांधी जिस रामराज्य की बात करते थे वह न्याय पर आधारित एक मुकम्मल समाज की अवधारणा थी। वह पृथ्वी पर धर्म का राज्य था। वह स्वराज से भी आगे बढ़कर राजनीतिक रूप से आत्मनिर्भर व्यवस्था थी। हालांकि गांधी अपनी अवधारणा को बार-बार स्पष्ट कर रहे थे। लेकिन उनके मुस्लिम समर्थकों में एक प्रकार की गलतफहमी पैदा हो रही थी कि कहीं वे हिंदू राष्ट्र की स्थापना तो नहीं करना चाहते। इस भ्रम का निवारण करते हुए उन्होंने 1929 में 'यंग इंडिया' में लिखाः-

'मैं अपने मुस्लिम मित्रों को सचेत करता हूं कि मेरे रामराज्य शब्द के प्रयोग पर वे किसी प्रकार की गलतफहमी में न आएं। मेरे लिए रामराज्य का अर्थ हिंदू राज नहीं है। मेरे लिए रामराज्य का अर्थ दैवीय शासन है। एक प्रकार से ईश्वर का राज्य है। मेरे लिए राम और रहीम एक ही हैं। मैं सत्य के अलावा और किसी को ईश्वर नहीं मानता। मेरी कल्पना के राम कभी इस धरती पर आए थे या नहीं लेकिन रामराज्य का

प्राचीन आदर्श निसंदेह एक प्रकार से सच्चे लोकतंत्र का नमूना है। वह ऐसी शासनव्यवस्था है जहां पर सबसे सामान्य नागरिक को भी लंबी और महंगी प्रक्रिया से गुजरे बिना त्वरित न्याय की उम्मीद बनी रहती है।

इसके अलावा गांधी जाति-व्यवस्था को रामराज्य के लिए सबसे घातक मानते थे। 24 जनवरी, 1928 को सौराष्ट्र के मोरबी रियासत के राजा की उपस्थिति में मोढ़ बनिया जाति के लोगों ने महात्मा गांधी को मानपत्र भेंट किया। वही मोढ़ बनिया जाति जिसने गांधी के लंदन पढ़ने जाने के निर्णय के बाद उन्हें जाति से बहिष्कृत कर दिया था। मानपत्र लेने के अवसर पर गांधी ने समूची जाति-व्यवस्था को ही रामराज्य अथवा स्वराज्य के लिए घातक बताते हुए कहा था - 'मैं यह माननेवाला रहा हूं कि (जाति के) इन छोटे-छोटे बाड़ों का नाश होना चाहिए। मुझे इस बारे में कोई शक नहीं कि हिन्दू-धर्म के भीतर जातियों के लिए कोई जगह नहीं है। और यह मैं मोढ़ या दूसरी जो भी जातियां यहां पर हों उन्हें ध्यान में रखकर कहता हूं। आप सबसे मोढ़ जाति के निमित्त मैं यह कहना चाहता हूं कि जाति के बाड़ों को भूल जाइये। आज जो जातियां हैं उनको यज्ञ की आहूति के रूप में उपयोग कर स्वाहा कीजिए और नई जाति न बनने दीजिए।'

25 मई, 1947 को एक साक्षात्कार में महात्मा गांधी ने आर्थिक असमानता को रामराज्य के लिए खतरा बताते हुए कहा था - 'आज आर्थिक असमानता है। समाजवाद की जड़ में आर्थिक असमानता है। थोड़ों को करोड़ और बाकी लोगों को सूखी

रोटी भी नहीं, ऐसी भयानक असमानता में रामराज्य का दर्शन करने की आशा कभी न रखी जाए। इसलिए मैंने दक्षिण अफ्रीका में ही समाजवाद को स्वीकार कर लिया था। मेरा समाजवादियों से और दूसरों से केवल यही विरोध रहा है कि सभी सुधारों के लिए सत्य और अहिंसा ही सर्वोपरि साधन है' प्रश्नकर्ता ने इस पर तपाक से गांधी से दूसरा सवाल पूछा - 'आप कहते हैं कि शासक, जमींदार और पूंजीपति केवल संरक्षक (ट्रस्टी) बनकर रहें। क्या आप इनलोगों से यह उम्मीद करते हैं कि ये अपनी प्रवृत्ति बदलेंगे?'

इस पर महात्मा गांधी का जवाब था - 'यदि वे लोग अपने आप संरक्षक नहीं बने तो समय उन्हें बनाएगा या फिर उनका नाश हो जाएगा। जब पंचायत-राज (सही मायनों में) बनेगा, तब लोकमत सब कुछ करवा लेगा। जमींदारी, पूंजी अथवा राजसत्ता की ताकत तब तक ही कायम रह सकती है, जब तक आम लोगों में अपनी ताकत की समझ नहीं होती। लोग अगर रूठ गए तो राजसत्ता, पूंजीपति या जमींदार क्या कर सकता है?'

जब विजयादशमी के दिन हर जगह संत तुलसीदास के 'रामचरितमानस' की गूंज रहती है। उसी रामचरितमानस में तुलसीदास ने लिखा था ,

दैहिक दैविक भौतिक तापा। राम राज नहिं काहुहि ब्याप।।
सब नर करहिं परस्पर प्रीती। चलहिं स्वधर्म निरत श्रुति नीत।।

यानी 'रामराज्य' में किसी भी मनुष्य को दैहिक, दैविक और भौतिक समस्याओं से परेशान नहीं होना पड़ता। सभी मनुष्य आपस में प्रेम से रहते हैं। वे नीति और मर्यादा में तत्पर रहकर अपने-अपने मनुष्योचित धर्म का पालन करते हैं।

भारत कि परिकल्पना

1909 में लंदन से केपटाउन जाते वक्त हमारे राष्ट्रपिता ने एक किताब लिखी थी। जिसके बाद में अंग्रेजो ने हरसंभव प्रयास किया उस किताब को कुचल दिया जाये और वो किताब थी "हिन्द स्वराज" इस किताब में गांधी जी ने भारत कि क्या खूब परिकल्पना कि है, और बताया है कि भारत सभ्यता का नाश होने के क्या कारण है। कैसे हम चीजों पर निर्भर होते चले गये, कैसे निर्भरता हमें कायर बनाते चली गयी, बदलाव समय कि मांग है, परंतु बदलाव को अपने जीवन पर हावी होने देना ये कहाँ तक जायज है। गांधी जी ने जिन चीजों को भारत कि दशा-दिशा के लिए मुख्यतः जिम्मेदार माना वो ये थीं, इन सभी चीजों का जिक्र उन्होंने अपनी किताब हिन्द स्वराज में किया है।

हिंदुस्तान की दशा – रेलगाड़ीयाँ ।
हिंदुस्तान की दशा – हिन्दू मुस्लमान ।
हिंदुस्तान की दशा – वकील ।
हिंदुस्तान की दशा – डॉक्टर ।

गांधी जी का कहना था, कि इन्हीं के वजहों से हम अपने आप को खोते जा रहे है। आज के समय में इन चीजों को मनुष्य के जीवन का अभिन्न अंग माना जाता है। आज के समय में किसी के लिए भी मुश्किल होगा कि इन चीजों को अपनी कमजोरी समझे परंतु जब आप गांधी जी कि लिखी "हिन्द स्वराज" को विस्तार से पढ़ेंगे तो पायेंगे उन्होंने इसकी पूरी व्याख्या कि है उनके अनुसार भारत में वो सभ्यता है जिसे ना ही मिटाया जा सकता है ना ही झुकाया

जा सकता है। उनके कथन अनुसार सबसे बड़ा अस्त्र अहिंसा है इससे हम किसी भी चीज पर विजय पा सकते है।

उनके हिसाब से भारत में आजादी का अर्थ केवल अंग्रेजी शासन से मुक्ति का नहीं था, बल्कि वह गरीबी, निरक्षरता और अस्पृश्यता जैसी बुराइयों और कुरीतियों से मुक्ति का सपना देखते थे। वह चाहते थे कि देश के सारे नागरिक समान रूप से स्वाधीनता और समृद्धि के सुख भोगें। वह केवल राजनीतिक स्वतंत्रता ही नहीं चाहते थे, अपितु जनता की आर्थिक, सामाजिक और आत्मिक उन्नति भी चाहते थे। इसी भावना ने उन्हें 'ग्राम उद्योग संघ', 'तालीमी संघ' और 'गो रक्षा संघ' स्थापित करने के लिए प्रेरित किया।

महात्मा गांधी के आंदोलन में महिलाओं ने बढ़-चढ़कर भाग लिया। और यही उनकी परिकल्पना का एक अंग भी था। जिसमें वो नये भारत को देख रहे थे जिसमें महिलाओ को समान अधिकार और भागीदारी मिले। वह देश के साथ-साथ महिलाओं की आजादी के भी समर्थक थे। इसलिए उन्होंने स्त्रियों की स्थिति सुधारने के लिए दहेज प्रथा उन्मूलन के लिए अथक प्रयत्न किया। वे बाल विवाह और पर्दा प्रथा के कटु आलोचक थे।

वे विधवा पुनर्विवाह का समर्थन करते थे। सांप्रदायिक ताकतों से नफरत करने वाले गांधी ने हमेंशा ही द्वेषधर्म की जगह प्रेमधर्म का ही पालन करना सिखाया। उनका मानना था कि भारत अहिंसा का पालन करके स्वराज्य को जल्द ही प्राप्त कर सकता है।

सम्मान-आदर

गांधीजी का आज के समय में भी, इतना सम्मान और आदर है इसका अंदाजा हम इसी बात से ही लगा सकते है कि पूरी दुनिया में महात्मा गांधी की विचारधारा और उनके आदर्शों का सम्मान करने वाले करोड़ों प्रशंसक हैं। धरती से जाने के इतने वर्षों बाद भी महात्मा गांधी के विचारों की उपासना होती है। राष्ट्रपिता बापू की लोकप्रियता का अनुमान इसी बात से लगाया जा सकता है कि जब उनके चश्मे की नीलामी लगी तो उसकी क़ीमत 2 करोड़ 55 लाख मुकर्रर कि गयी। ब्रिटेन के ब्रिस्टल में राष्ट्रपिता महात्मा गांधी के चश्मे को नीलाम किया गया था। ऑनलाइन हुई इस नीलामी में बापू के चश्मे को 255 करोड़ रुपये में अमेरिका के एक कलेक्टर ने खरीदा।

आपको बता दे कि ईस्ट ब्रिस्टल ऑक्शन्स (नीलामी एजेंसी) के मुताबिक, चश्मे की नीलामी से पहले उम्मीद जताई जा रही थी कि ये करीब 14 लाख रुपये कि कीमत तक में बिकेगा। लेकिन बोली लगाने के दौरान चश्मे की नीलामी दो करोड़ रुपये से ऊपर पहुंच गई। अंत में एक अमेरिकी नागरिक ने इसे 2 करोड़ 55 लाख में खरीदा।

एक रिपोर्ट के मुताबिक ऑक्शन्स कंपनी ने बताया था कि किसी ने चश्मे को लेटर बॉक्स में डाल दिया था। लिफाफे में चश्मा मिलने के बाद उन्होंने उसके मालिक से संपर्क किया और इसकी अहमियत के बारे में बताया। महात्मा गांधी पूरी

दुनिया में अहिंसा, प्रेम, करुणा और दया के रूप में मानवता की प्रेरणा बने हुए हैं। ब्रिटेन, दक्षिण अफ्रीका, अमेरिका समेत कई बड़े-बड़े देशों में महात्मा गांधी के करोड़ों चाहने वाले हैं। सच तो यह है कि गांधी के शाश्वत मूल्यों की प्रासंगिकता बढ़ी है। गांधी अहिंसा के न केवल प्रतीक भर हैं बल्कि मापदण्ड भी हैं। जिन्हें जीवन में उतारने की कोशिश हो रही है। अभी गत वर्ष पहले ही अमेरिका के पूर्व राष्ट्रपति बराक ओबामा ने व्हाइट हाउस में अफ्रीकी महाद्वीप के 50 देशों के युवा नेताओं को संबोधित करते हुए कहा था कि आज के बदलते परिवेश में युवाओं को गांधी जी से प्रेरणा लेने की जरूरत है। गत वर्ष पहले अमेरिका की प्रतिष्ठित टाइम पत्रिका ने महात्मा गांधी की अगुवाई वाले नमक सत्याग्रह को दुनिया के सर्वाधिक दस प्रभावशाली आंदोलनों में शुमार किया।

याद होगा अभी कुछ साल पहले जाम्बिया के लोकसभा सचिवालय द्वारा विज्ञान भवन में संसदीय लोकतंत्र पर एक सेमिनार आयोजित किया गया जिसमें राष्ट्रमंडल देशों के लोकसभा अध्यक्षों और पीठासीन अधिकारियों ने शिरकत की। जाम्बिया की नेशनल असेम्बली के अध्यक्ष ने भी इस सम्मेलन के दौरान गांधी के सिद्धान्तों की मुक्त कंठ से प्रशंसा की और कहा कि भारत के साथ हम भी महात्मा गांधी की विरासत में साझेदार हैं। उन्होनें बताया कि अहिंसा के बारे में गांधी जी की शिक्षाओं ने जाम्बिया के स्वतंत्रता आन्दोलन को बेहद प्रभवित किया।

सच तो यह है कि अब गांधी के वैचारिक विरोधियों को भी लगने लगा है कि गांधी के बारे में उनकी अवधारणा संकुचित थी। उन्हें विश्वास होने लगा है कि गांधी के नैतिक नियम पहले

से कहीं और अधिक प्रासंगिक और प्रभावी हैं और उनका अनुपालन होना चाहिए। गांधी जी राजनीतिक आजादी के साथ सामाजिक-आर्थिक आजादी के लिए भी चिंतित थे। समावेशी समाज की संरचना को कैसे मजबूत आधार दिया जाए उसके लिए उनका अपना स्वतंत्र चिंतन था।

हमारी विडम्बना देखिए जिसे पूरी दुनिया अपनी रोल मॉडल आइकॉन मानने को तैयार है परंतु हम उनके सीखो को कही ना कहीं खोते जा रहे है। सिर्फ़ भारत ही नहीं विदेशो में भी गांधी जी के नाम पर कई सड़के है। जिस अमेंरिका में आज तक गांधी जी नहीं गये, वहाँ पर विश्व में सबसे ज्यादा गांधीजी कि मुर्तिया लगायी हुई है। साउथ अफ्रीका तो गांधीजी के कई दिये गये आदर्शो पर चलता आया है, वहाँ उन्होंने जिस तरीके से सत्याग्रह के रास्ते पर चलकर नस्लीय भेदभाव को खत्म किया उसकी जितनी भी तारीफ कि जाये वो कम है, और इन्हीं सब कारणों से 15 जून 2007 को यूनाइटेड नेशन ने 2 अक्टूबर के दिन को इंटरनेशनल डे ऑफ़ नॉन वॉयलेंस अंतर्राष्ट्रीय अहिंसा दिवस के रूप में घोषित कर दिया।

स्त्री सम्मान

गांधी सिर्फ नाम नहीं बल्कि स्वयं में एक विचार है। गांधी का नाम सुनते ही मन में कुछ सिद्धांत, दर्शन और संभावनाएं चलने लगती हैं। ये सभी विमर्श सत्य, अहिंसा, स्वराज, स्वदेशी और मानवतावाद से जुड़े हुए हैं। गांधी स्वयं को एक ऐसा व्यक्ति मानते थे, जो न तो एक स्त्री थे, न ही एक पुरुष, बल्कि एक मानव थे। उन्होंने अपनी आत्मकथा में लिखा है कि उनके अंदर एक स्त्री मन भी है जो बहुत ही कोमल और संवेदनशील भी है।

गांधी के स्त्री चिंतन के विषय में जस्टिस रानाडे ने एक बार लिखा था कि "हमलोग अपनी पूरी जिंदगी में स्त्रियों के हित में जितना काम कर पाएंगे, महात्मा गांधी एक दिन में कर देते हैं।" आज 21वीं सदी में महिलाओं की मुखर आवाज के पीछे गांधी का बहुत बड़ा योगदान है। या यों कहें की गांधी के जीवन में जो विचार तथा सिद्धांत पनपे उसकी प्रेरणा के पीछे भी कुछ महिलाएं शामिल हैं तो इसमें कोई अतिशयोक्ति नहीं होगी।

गांधी ने हर उस व्यक्ति से सीखा जिसके विचार सत्य, धर्म तथा अहिंसा के करीब थे। यहां धर्म! पूजा-पाठ नहीं बल्कि मानवतावाद से संबंधित विचार के रूप में अभिव्यक्त है। इस संदर्भ में सर्वप्रथम उन्हें अपनी माता पुतलीबाई से जीवन की बुनियादी सीख मिली जो धर्म, उपवास की कठोर पृष्ठभूमि,

पठन-पाठन की प्रेरणा, बड़ों का आदर आदि नैतिक शिक्षा से संबंधित है।

उन्हें अपनी माता से उपवास करने की प्रेरणा ऐसी मिली जो बीमारी या कमजोरी की हालत में भी तोड़ी न जा सके। यही कारण रहा कि स्वराज आंदोलन के समय गांधी कठोर से कठोर उपवास करते चले गए। उनकी माता अशिक्षित होते हुए भी उनके भीतर ज्ञान एवं अनुशासन की ऐसी प्रेरणा जागृत कर गईं जिसे पढ़कर और महसूस करके हम आज भी चमत्कृत होते हैं।

उनके जीवन में दूसरी महत्वपूर्ण स्त्री कस्तूरबा बाई थीं, जो न केवल उनकी पत्नी थी बल्कि उनकी बाल सखा भी थीं। बाल सखा इसलिए, क्योंकि दोनों का विवाह बचपन में ही हो गया था। कस्तूरबा बचपन से ही स्वतंत्र स्वभाव की महिला थी, जो किसी भी प्रकार की मानसिक गुलामी को स्वीकार नहीं कर पाती थीं। उस समय अधिकतर महिलाएं अपने पति को परमेश्वर की तरह मानती थी, किन्तु कस्तूरबा वैसी बातें कभी स्वीकार न करती जो उन्हें पराधीन बनाती थीं। बल्कि वे गांधी से उनके पूरे जीवन में प्रश्न पूछती रहीं हैं।

गांधी को उनसे सहनशीलता हठ, स्वतंत्र व्यक्तित्व, प्रतिप्रश्न की प्रेरणा मिली। गांधी दक्षिण अफ्रीका सत्याग्रह में लिखते हैं कि, 'पत्नी ने अपनी अद्भुत सहनशीलता के द्वारा मुझपर विजय प्राप्त किया'। माँ और पत्नी के अलावा भी महात्मा गांधी के जीवन में कई महिलाएं रहीं जिनसे न केवल गांधी ने प्रेरणा ली बल्कि उनके कार्यों की प्रशंसा भी की। उनमें सरोजिनी नायडू

को गांधी एक बुद्धिजीवी महिला के रूप में चिह्नित करते हैं। एक ऐसी महिला जो भारतीय होते हुए भी पश्चिमी समाज में अत्यंत लोकप्रिय है। उनकी लोकप्रियता को गांधी ने रवींद्र नाथ ठाकुर के समकक्ष आंका है।

गांधी सरोजिनी नायडू के विषय में लिखते हैं कि वे इतनी ज्ञानी और बुद्धिमान हैं कि सामने वाले को खरी-खरी सुना देंगी किन्तु उनकी बात इतनी तर्कसम्मत होती है कि कोई उनका बुरा नहीं मानता। वे पश्चिम में यदि अपने देशहित के काम से जाएंगी तो सफल होकर आएंगी। अमेरिका जाने पर कैथरीन मेयो को जवाब दे आएंगी और उनकी आत्मनिर्भरता तथा निर्भीकता भारत की तमाम महिलाओं के लिए अनुकरणीय है। वे अपनी कर्तव्यपरायणता से पुरुषों को भी लजा सकती हैं।

एनी बेसेंट जो भारतीय महिला तो नहीं थी किन्तु भारत की संस्कृति से प्रभावित होकर यहीं रह गईं थी। गांधी एनी बेसेंट को उसी समय से जानना और सुनना चाहते थे जब वे लंदन में रहकर वकालत की पढ़ाई कर रहे थे। एनी बेसेंट का एक भाषण उन्हें जीवन भर याद रह गया जो सत्य के विषय में बोला गया था। एनी बेसेंट ने एकबार जनता को मंत्रमुग्ध करनेवाला शानदार भाषण दिया और अंत में यह कहकर अपनी बात समाप्त की कि 'यदि मेरे कब्र पर केवल इतना लिख दिया जाए कि यह महिला सत्य के लिए जीवित रही और सत्य के लिए मरी तो मुझे पूर्ण संतोष हो जाएगा।'
इस भाषण को सुनकर गांधी को अपने बचपन में दी गई सत्य की परीक्षा की याद आ गई जिसे वे जीवनभर निभाते रहे। गांधी

एनी बेसेंट की प्रशंसा इसलिए भी करते हैं कि उन्होंने भारत की स्वतंत्रता के लिए होमरुल आंदोलन चलाया और भारत माता को अपनी माता बना लिया। उम्र के अंत तक वह बिना रुके स्वराज्य के लिए काम करती रहीं। गांधी एनी बेसेंट को लोकमान्य तिलक के बाद दूसरी लोकप्रिय इंसान के रूप में चिह्नित करते हैं।

इसी कड़ी में मेडलीन उर्फ मीरा बहन की चर्चा करना भी आवश्यक हैं क्योंकि ब्रिटिश नागरिक मीरा बहन आश्रम में रहकर जिस निष्ठा, त्याग और पवित्रता से लोगों के बीच घुल मिलकर रहीं, वह अन्य भारतीय बहनों के लिए प्रेरणा है। जो स्त्री फूल, पेड़, पशुओं से बातें करती है, कल्पना के घोड़े उड़ाती हैं, वही लड़की एक दिन रूसी क्रांति की बातें करती हैं।

तात्पर्य यह है कि एक कोमल हृदय भी स्वराज्य के लिए कितना व्याकुल हो सकता है, यह बहुत प्रेरक और विचारोत्तेजक है। गांधी के आह्वान पर लाखों महिलाओं ने स्वतंत्रता आंदोलन में भाग लिया। कस्तूरबा गांधी, सरोजिनी नायडू, सुचेता कृपलानी, विजयालक्ष्मी पंडित, अरुणा आसफ अली, सुशीला नायर, उषा मेंहता, राजकुमारी अमृत कौर, सरलादेवी चौधरानी समेत कई महिलाएं।

गांधी लिखते हैं, जिस तरह मेरे भीतर ब्रह्मचर्य का उदय हुआ, उस कारण मैं माता के रूप में स्त्रियों के प्रति दुर्निवार रूप से आकृष्ट हुआ। स्त्रियां मेरे लिए इतनी पवित्र हो गई कि मैं उनके

प्रति वासनामय प्रेम का ख्याल ही नहीं कर सकता। गांधी अपने शब्दों में स्त्रियों के लिए जो बातें लिखते हैं, वह बहुत प्रासंगिक तथा विचारणीय है।

वे लिखते हैं; मुझमें जो भी सद्गुण हैं उसका श्रेय मेरी माता को जाता है। ऐसा मानते हुए मैं स्त्री को कभी भी विषय तृप्ति के रूप में नहीं देखता हूं बल्कि सदा वैसी श्रद्धा से देखता हूं जैसे मैं अपनी मां को देखता हूं। पुरुष को नारी का स्पर्श अपवित्र नहीं करता बल्कि प्राय: वह स्वयं इतना अपवित्र रहता है कि नारी का स्पर्श करने योग्य नहीं रहता।

इस प्रकार गांधी का सम्पूर्ण व्यक्तित्व स्त्री संवेदना, स्त्रियों के विचार और उनके व्यक्तित्व के प्रति श्रद्धा से भरा हुआ प्रतीत होता है। वर्तमान समय में हमलोग गांधी के इन्हीं विमर्शों का अभाव महसूस करते हैं जिसकी आज नितांत आवश्यकता है।

<u>वर्तमान सन्दर्भ में गांधी और आज के युवा</u>

किताब लिखते समय ही मैंने कहा था कि सबसे ज्यादा जो आज के समय में गांधी को समझने में नाकाम रहे है वो है आज के युवा, तो आइये एक नजर उनपर भी डालते है।

सरलता की पराकाष्ठा का व्यक्तित्व एवं जीवन वर्तमान के सामाजिक, राजनीतिक एवं अंतरराष्ट्रीय परिपेक्ष्य में उतना ही प्रासंगिक है जितना 100 साल पहले था। हम विकास के पथ पर कितने भी आगे क्यों न बढ़ जाएं किंतु गांधी के सिद्धांतों एवं उनके दर्शन को नकारना असंभव है। जब भी भारतीय समाज की बात होती है तो गांधी दर्शन के बिना अधूरी रहती है।

वर्तमान संदर्भों में जब गांधीजी के सिद्धांतों की प्रासंगिकता की बात होती है तो आज चाहे भारत का फैशनेबल युवा हो या किताबी ज्ञान के महारथी, आईटी प्रोफेशनल या ग्रामीण बेरोजगार युवा हों, सभी के गांधीजी प्रिय पात्र हैं। ये सभी गांधीजी को अपने से जोड़े बगैर नहीं रह सकते हैं।

महात्मा गांधी के विचार आज भी उतने ही प्रासंगिक एवं अनुकरणीय हैं जितने अपने वक्त में थे। गांधीजी का बचपन, उनके सामाजिक एवं राजनीतिक विचार, सर्वोदय, सत्याग्रह, खादी, ग्रामोद्योग, महिला शिक्षा, अस्पृश्यता, स्वावलंबन एवं अन्य सामाजिक चेतना के विषय आज के युवाओं के शोध एवं शिक्षण के प्रमुख क्षेत्र हैं।

भारतीय युवा हमेशा से गांधीजी के चिंतन का केंद्रबिंदु रहा है। वर्तमान युवा पाश्चात्य प्रभावों से संचालित है। उसकी सोच निरंकुश है। वह अपने ऊपर किसी का हस्तक्षेप नहीं चाहता है। ऐसी परिस्थितियों में गांधीजी के विचारों की सर्वाधिक जरूरत आज के युवाओं को है। गांधीजी हमेशा युवाओं से रचनात्मक सहयोग की अपेक्षा रखते थे।

गांधीजी ने उस पीढ़ी के युवाओं को भयरहित कर अंग्रेजों के दमन का सामना करने का अद्भुत साहस दिया था। वे हमेशा युवा ऊर्जा को सही दिशा देने की बात करते थे। आंदोलन के समय वे युवाओं को हमेशा सतर्क करते रहते थे। सविनय अवज्ञा आंदोलन के समय उन्होंने कहा था हमारा आंदोलन हिंसा का अग्रदूत न बन जाए इसके लिए मैं हर दंड सहने के लिए तैयार हूं, यहां तक कि मैं मृत्यु का वरण करने को भी तैयार हूं। उस समय के युवाओं से उनकी अपेक्षा थी कि वे अपनी ऊर्जा और उत्साह को स्वतंत्रता प्राप्ति में सार्थक योगदान की ओर मोड़ें।

गांधीजी ने हमेशा से युवाओं को वंचित समूहों के उत्थान के लिए प्रेरित किया है। वो व्यक्तिगत घृणा के हमेशा विरोधी रहे हैं। उनका कथन था- 'शैतान से प्यार करते हुए शैतानी से घृणा करनी होगी।' उन्होंने हमेशा युवाओं को आत्मप्रशंसा से बचने को कहा है। उनका कथन है कि जनता की विचारहीन प्रशंसा हमें अहंकार की बीमारी से ग्रसित कर देती है।

वर्तमान आईटी प्रोफेशनल के लिए गांधीजी मैनेजमेंट गुरु हैं। वे हमेशा आर्थिक मजबूती के पक्षधर रहे हैं। गांधीजी ने हमेशा

पूंजीवादी व समाजवादी विचारधारा का विरोध किया है। उनका मानना था कि देश की अर्थव्यवस्था कुछ पूंजीपतियों के पास गिरवी नहीं होनी चाहिए। उनकी अर्थव्यवस्था के केंद्रबिंदु गांव थे। उनके अनुसार जब तक गांव के युवाओं को गांव में ही रोजगार नहीं मिलता है, तब तक उनमें असंतोष एवं विक्षोभ रहेगा। ग्रामीण बेरोजगारों का शहर की ओर पलायन, जो कि भारत की ज्वलंत समस्या है। उसका निराकरण सिर्फ कुटीर उद्योग लगाकर ही किया जा सकता है।

भारतीय साहित्य की युवा पीढ़ी हमेंशा से गांधी दर्शन से प्रभावित रही है। उस समय के साहित्य पर गांधी दर्शन का स्पष्ट प्रभाव था। मैथिलीशरण गुप्त की भारत भारती, प्रेमचंद की रंगभूमि, माखनलाल चतुर्वेदी की पुष्प की अभिलाषा, रामधारी सिंह दिनकर की मेरे नगपति मेरे विशाल, सुभद्रा कुमारी चौहान की झांसी की रानी आदि साहित्यिक रचनाएं गांधी दर्शन से ही प्रेरित रही हैं।

मनुष्य प्रजाति की उत्पति से लेकर आज तक की सारी मानवता व्यक्तिगत, सामाजिक, जातीय, राष्ट्रीय एवं अंतरराष्ट्रीय स्तर पर शांति के लिए प्रयासरत रही है। गांधीजी का मानना था कि समाज में शांति की स्थापना तभी संभव है जब व्यक्ति भावनात्मक समानता एवं आत्मसंतोष को प्राप्त कर लेगा। गांधीजी के अनुसार शांति की प्राप्ति प्रत्येक युवा का भावनात्मक एवं क्रियात्मक लक्ष्य होना चाहिए तभी उसकी ऊर्जा, गतिशीलता एवं उत्साह राष्ट्रीय हित में समर्पित होंगे।

गांधीजी युवाओं को सामाजिक परिवर्तन का सबसे बड़ा औजार मानते थे। वे हमेंशा चाहते थे कि सामाजिक परिवर्तनों, सामाजिक कुरीतियों, सती प्रथा, बाल विवाह, अस्पृश्यता, जाति व्यवस्था के उन्मूलन के विरुद्ध युवा आवाज उठाएं। उनका मानना था कि शोषणमुक्त, स्वावलंबी एवं परस्परपोषक समाज के निर्माण में युवाओं की अहम भूमिका है एवं भविष्य में भी होगी। वर्तमान युवा प्रजातांत्रिक मूल्यों एवं तथ्यपरक सिद्धांतों को मानता है।

कक्षा में मैंने अपने युवा विद्यार्थियों से चर्चा के दौरान प्रश्न किया कि गांधीजी के स्वतंत्रता प्राप्ति के योगदान से इतर आपको उनका कौन सा गुण प्रभावित करता है? सभी का औसत एक ही जवाब था- उनकी अहिंसा और सत्यनिष्ठा।

गांधीजी हमेंशा आत्मनिरीक्षण के पक्षधर रहे हैं। गांधीजी के सिद्धांत भी लोकतंत्र एवं सत्य की कसौटी पर कसे-खरे सिद्धांत हैं। गांधीजी की असहमति, उनका बोला गया सत्य आज के युवा को बेचैन कर देता है। उनकी आस्थाएं अडिग हैं। उन्होंने हर विश्वास को बड़ी जांच-परखकर व्रत की तरह धारण किया था। उन्होंने युवाओं के लिए स्वराज को सबसे बड़ा आत्मानुशासन, सत्याग्रह को सबसे बड़ा व्रत, अहिंसा को सबसे बड़ा अस्त्र एवं शिक्षा को सबसे बड़ी नैतिकता माना है।

मैंने अपने छात्र, जो कि आईटी प्रोफेशनल एवं मेडिकल क्षेत्र में पढ़ रहे हैं या अपनी सेवाएं दे रहे हैं उन सभी से बातचीत के दौरान प्रश्न किया कि आपके दैनिक जीवन में गांधीजी के दर्शन की क्या प्रासंगिकता है? उनका कहना था कि आज

प्रतिस्पर्धात्मक कार्यक्षेत्रों में मानसिक दबाव बहुत है। जब भी काम या पढ़ाई का बोझ उन्हें मानसिक या शारीरिक रूप से शिथिल करता है तो वे लोग गांधीजी की जीवनी 'सत्य के साथ मेरे प्रयोग' पढ़ते हैं जिससे उनके अंदर आत्मबल एवं ऊर्जा का संचार होता है।

आज भारत में युवाओं के सामने ऐसे आदर्श व्यक्तित्वों की कमी है जिसे वो अपना रोल मॉडल बना सकें। गांधीजी हर पीढ़ी के युवाओं के रोल मॉडल रहे हैं एवं होने चाहिए। आज हमारा समाज सांस्कृतिक एवं राजनीतिक परिवर्तनों के दौर से गुजर रहा है। इन सामाजिक परिवर्तनों को सही दिशा देने में गांधीजी के सिद्धांत एवं उनका दर्शन हमारे युवाओं का मार्गदर्शक होना चाहिए।

आज हमारे युवाओं के पास मौका है कि वे गांधीजी को अपना आदर्श बनाकर सामाजिक परिवर्तन एवं राष्ट्र निर्माण में अपना महत्वपूर्ण योगदान दें। हमारे युवा उनके दर्शन को अपनाकर अपने व्यक्तित्व एवं राष्ट्र के विकास में पूर्ण ऊर्जा एवं उत्साह से समर्पित हों।

आज उनके लिए यही सच्ची श्रद्धांजलि होगी!

लोकतंत्र गांधी का

कई लोगों का मानना है कि अगर संविधान बनने तक अगर गांधी जी जिन्दा रहते तो आज का हमारा संविधान गांधीजी के संविधान से बहुत हद तक अलग होता। गांधीजी कभी इस देश में एक सरकार बनाने के पक्ष में ही नहीं थे।

इसमें कोई शक नहीं है कि महात्मा गांधी अधिकारों की बराबरी में कर्तव्यों को बिठाते थे। उनका नियम तो यही था कि जो जब कर्तव्य निभाये जायेंगे, तो अधिकार भी मिलेंगे ही। अगर कर्तव्य नहीं निभाये जायेंगे, तो अधिकार मिलना संभव नहीं है।

खुद गांधी जी ने तो कोई संविधान नहीं लिखा। लेकिन गांधीवादी अर्थशास्त्री श्रीमन नारायण अग्रवाल ने गांधीजी की बातों और लेखनी का विश्लेषण करके "स्वतंत्र भारत का गांधीवादी संविधान-द गांधीयन कांस्टीट्यूशन ऑफ फ्री इंडिया" नाम कि 60 पन्नों और 22 अध्यायों का एक दस्तावेज जरूर लिखा। इसमें बुनियादी सिद्धांत, मूलभूत अधिकार और कर्तव्य, आंचलिक सरकार, केंद्र सरकार और न्यायपालिका सरीखे विषय शामिल थे। जो के एक देश या राज्य कह ले उसे चलाने के लिये बहुत जरुरी थे।

इसे किताब या दस्तावेज कह लीजिये इसमें इस बात से सहमति थी कि कोई भी देश अपनी सभ्यता, संस्कृति और

परम्पराओं के आधार पर अपना संविधान बनाए तो ही वह श्रेष्ठ है।

स्वाभाविक ही था कि महात्मा गांधी दुनिया के दूसरे देशों या पश्चिम के देशों की व्यवस्था को सिर-माथे पर बिठाकर भारत का संविधान बनाने के विचार के पक्ष में नहीं थे। क्योंकि वो नहीं चाहते थे कि हम अब पश्चिम कि सभ्यता को अपने ऊपर हावी कर लें, और सबसे बड़ी जो उनकी विशेषता थी वो यह थी कि महात्मा गांधी ने भारत के संविधान के निर्माण की प्रक्रिया में कभी अपने विचारों को नहीं थोपा, भले ही उनके विचार अलग थे।

वास्तव में संविधान केवल राज-काज की व्यवस्था चलाने की किताब नहीं मानी जा सकती। संविधान किसी भी समाज के निर्माण, राष्ट्र के स्वभाव और उसके चरित्र के निर्माण के मूल्यों और सिद्धांतों का संग्रह होता है।

भारत ने दुनिया का सबसे अच्छा संविधान तो बनाया परंतु ये भी सत्य है कि गांधी के विचार इस संविधान के कहीं मेंल नहीं खाते।

गांधी जी भारत में ऐसी संसदीय व्यवस्था की उम्मीद कर रहे थे, जो भारतीय व्यवस्था की सबसे छोटी इकाई – गांव से शुरू होकर केंद्र तक आती। वे इस बात से कतई सहमत नहीं थे कि भारत के लोकतंत्र में केंद्र से व्यवस्था शुरू हो और गांव तक जाए। जो कि आज के समय में उलट है उनके विचार से

उन्होंने अपनी किताब हिन्द स्वराज में लिखा कि "अंग्रेजों को निकाल बाहर करना चाहिए। लेकिन उन्हें क्यों निकालना चाहिए, इसका कोई ठीक ख़याल किया गया हो, ऐसा नहीं लगता। मान लीजिए कि हम मांगते हैं, उतना सब अंग्रेज हमें दे दें, तो फिर उन्हें यहां से निकाल देने की जरूरत आप क्या समझते हैं? मुझे लगता है कि उनके चले जाने के बाद भी उनका बनाया विधान हम चालू रखेंगे और राज का कारोबार चलाएंगे। वास्तव में हमें अंग्रेजी राज्य तो चाहिए, पर अंग्रेज शासक नहीं चाहिए। कहा जाता है कि अंग्रेजों की संसद संसदों की माता है। किन्तु मुझे नहीं लगता कि उस पार्लियामेंट ने एक भी अच्छा काम किया हो। जब तक उस पर कोई दबाव न हो वह कुछ काम नहीं करती है।"

गांधी जी ने स्वराज, लोकतंत्र और संसदीय व्यवस्था का जो डरवाना चारित्रिक चित्र खींचा आज वह पूरी दुनिया पर छाया हुआ दिखाई देता है। उनकी सोच थी कि "लोग संसद में अच्छे सदस्य चुनकर भेजते, जो तनख्वाह न लें, लोगों की भलाई के लिए संसद में जाएं। वे खुद सुशिक्षित और संस्कारी हों, ताकि उनसे भूल न हो। ऐसी संसद में न तो अर्जी की जरूरत होना चाहिए, न ही दबाव की।" गांधी जी हमें स्वयं जिम्मेदार मानते थे अंग्रेजी वयवस्था में घुलने के लिये।

गांधी जी ने "पार्लियामेंट यानी संसद को बेसवा कहा यानी उसका कोई मालिक नहीं होता, लेकिन जब उसका कोई मालिक बनता है- जैसे प्रधानमंत्री, तब भी उसकी चाल एक-सी नहीं होती। प्रधानमंत्री को पार्लियामेंट की थोड़ी परवाह रहती

है, वह तो अपनी सत्ता में मदमस्त रहता है। अपना दल कैसे जीते, इसी की लगन उसे रहती है। पार्लियामेंट सही काम कैसे करे, इसका वह बहुत कम विचार करता है। मुझे प्रधानमंत्रियों से द्वेष नहीं है, लेकिन तजुर्बे से मैंने देखा है कि वे सच्चे देशाभिमानी नहीं कहे जा सकते हैं। मैं हिम्मत के साथ कह सकता हूं कि उनमें शुद्ध भावना और सच्ची ईमानदारी नहीं होती।"

बात बहुत स्पष्ट है कि संसद के सदस्यों का समाज से इतना गहरा जुड़ाव और संवाद होना चाहिए कि किसी को अपना दुःख कहने की जरूरत ही न पड़े और संसद पहल कर दे।

<u>संघर्ष गांधी का</u>

बात 1893 कि है, इसी वर्ष गांधीजी एक साल के कॉन्ट्रैक्ट पर वकालत करने के लिए दक्षिण अफ्रीका गए थे। वह उन दिनों दक्षिण अफ्रीका के नटाल प्रांत में रहते थे। किसी काम से दक्षिण अफ्रीका में वह एक ट्रेन के फर्स्ट क्लास कंपार्टमेंट में सफर कर रहे थे। उनके पास वैध टिकट भी था लेकिन उनको सफेद रंग का नहीं होने के कारण कंपार्टमेंट से निकल जाने को कहा गया। गांधीजी रेलवे अधिकारियों से भिड़ गए और कहा कि वे लोग चाहें तो उनको उठाकर बाहर फेंक सकते हैं लेकिन वह खुद से कंपार्टमेंट छोड़कर नहीं जाएंगे। वास्तव में अन्याय के खिलाफ खड़े होने की यही हिम्मत ही तो सविनय अवज्ञा थी, और वो चिंगारी यही से धधक उठी।

घटना कुछ इस प्रकार से होती है कि गांधीजी अपने एक क्लायंट का केस लड़ने के लिए डरबन से प्रीटोरिया जा रहे थे। गांधीजी जिस लॉ फर्म में कार्यरत थे उसने उनके लिए फर्स्ट क्लास सीट बुक की थी। रात के 9 बजे के करीब जब नटाल की राजधानी मैरित्जबर्ग पहुंचे तो एक रेलवे हेल्पर उनके पास बिस्तर लेकर आया। गांधीजी ने उनका शुक्रिया अदा किया और कहा कि उनके पास खुद का बिस्तर है। थोड़ी ही देर बाद एक दूसरे यात्री ने गांधीजी को गौर से देखा और कुछ अधिकारियों को साथ लेकर लौटा। कुछ देर सन्नाटा रहा। फिर एक अधिकारी गांधीजी के पास आया और उनसे थर्ड क्लास कंपार्टमेंट में जाने को कहा क्योंकि फर्स्ट क्लास कंपार्टमेंट में

सिर्फ गोरे लोग ही सफर कर सकते थे। गांधीजी ने इस पर जवाब दिया, 'लेकिन मेरे पास तो फर्स्ट क्लास कंपार्टमेंट का टिकट है।' गांधीजी ने कंपार्टमेंट छोड़ने से इनकार कर दिया। इस पर उस अधिकारी ने पुलिस को बुलाने और धक्का देकर जबरन बाहर करने की धमकी दी। गांधीजी ने भी उससे कहा कि वह उनको चाहे तो धक्के मारकर बाहर कर सकता है लेकिन वह अपनी मर्जी से बाहर नहीं जाएंगे। उसके बाद उनको धक्का मारकर बाहर कर दिया गया और उनके सामान को दूर फेंक दिया गया। गांधीजी रात में स्टेशन पर ही ठंड से ठिठुरते रहे।

जो सबसे अचंभित करने वाली बात है वो ये थी कि इस घटना से गांधीजी टूटने की बजाए और मजबूत होकर उभरे। उन्होंने दक्षिण अफ्रीका में रंग के नाम पर होने वाले भेदभाव और भारतीय समुदाय के उत्पीड़न के खिलाफ लड़ने का दृढ़ निश्चय किया। यहीं से गांधीजी का एक नया अवतार जन्म लेता है और अन्याय के खिलाफ लड़ने के लिए कमर कस लेते हैं। कॉन्ट्रैक्ट खत्म होने के बाद भी उन्होंने दक्षिण अफ्रीका में ही रुकने का फैसला किया। उन्होंने दक्षिण अफ्रीका के एक कानून के खिलाफ मुहिम चलाई जिसके तहत भारतीय समुदाय के लोगों को वोट देने का अधिकार प्राप्त नहीं था। 1894 में उन्होंने नटाल इंडियन कांग्रेस का गठन किया और दक्षिण अफ्रीका में भारतीय नागरिकों की दयनीय हालत की ओर दुनिया का ध्यान खींचा। 1906 में ट्रांसवाल सरकार ने भारतीयों के अधिकारों पर प्रतिबंध लगाने का फैसला किया। उस समय गांधीजी ने पहली बार सत्याग्रह या सामूहिक सविनय अवज्ञा आंदोलन छेड़ा।

सात सालों के आंदोलन के बाद गांधीजी की कोशिश रंग लाई और दक्षिण अफ्रीकी सरकार समझौते के मेज पर आई।

दक्षिण अफ्रीका में रहने के दौरान गांधीजी को कई बार गिरफ्तार किया। लेकिन उन्होंने कभी हिम्मत नहीं हारी। मताधिकार को लेकर अफ्रीकी सरकार से समझौता होने के बाद 1913 में फिर उन्होंने अफ्रीकी सरकार के उस कदम का विरोध किया जिसके तहत भारत के बंधुआ मजदूर पर टैक्स लगाया था। उसमें भी गांधीजी की जीत हुई थी।

भ्रांतिया

अब हम इस पुस्तक के सबसे अहम् पड़ाव पर आ चुके हैं, और मेरे पुस्तक लिखने का उदेश्य यही था कि हम गांधी को जाने और गांधी को जानने से मेरा मतलब था गांधी के बारे में सत्य को जाने ना कि आज के समय में फैलाई जा रही भ्रान्तिया। लोग आज कल अपनी राजनीति को चमकाने के लिये गांधी का सहारा लेते है। कई लोग बड़ी कट्टरता से गांधी जी पर भ्रान्ति फैलाने का काम करते है। इनमें से कुछ तथाकथित लोग तो गांधी जी को बटवारे का जिम्मेदार भी मानते हैं। कुछ का कहना है, भगत सिंह कि फांसी के जिम्मेदार महात्मा थे, और न जाने कहाँ से ये सारी अनरगल बातों को लेकर बुद्धिजीवी लोग सामने आ जाते हैं। जिनमें ज्ञान का कोई अंश नहीं परंतु आरोप-प्रत्यारोप में सबसे आगे खड़े रहते हैं। ये तो वह दो भ्रान्ति है जो भारत में प्रसिद्ध है जिसका मैंने ऊपर जिक्र किया। गांधीजी की महानता का हम उसी बात से पता लगा सकते हैं कि, जब नाथूराम गोडसे उनको मारने के लिए आता है तो गोली चलाने से पहले वो उस महापुरुष के चरणों में गिरकर नमन करता है यही उनकी महानता को दर्शनि के लिए पर्याप्त है। और हाँ! प्रत्यक्ष को प्रमाण कि जरुरत नहीं होती। बिरला भवन आज भी इस बात का गवाह है।

अब ज़रा उन भ्रान्तियों पर चर्चा कर लेते है जो मूर्खता का बाजार गर्म करती हैं। पहली तो ये कि गांधीजी ने बटवारा करवाया तो शायद ये लोग भूल रहे है, जिन्होंने भारत को

आजाद करने के लिये ना जाने कितने संघर्ष किये, कितनी लाठियां खाई जिनका साफ कहना था अगर विभाजन होगा तो उनके मृत शरीर के ऊपर होगा।

सबसे बड़ी विडम्बना यही है कि इंग्लैंड जैसा देश जहाँ महात्मा कि तारीफ करते नहीं थकता वहीं हमारे भारत में हमारे बापू के चरित्र को बताने के लिये लोगों को समझाना पड़ता है, और इसकी सबसे बड़ी वजह है कि हम किसी भी सुनी सुनाई बातों पर आसानी के विश्वास कर लेते है। एक भ्रान्ति ये भी थी कि गांधी ने पाकिस्तान को पैसे देने के लिए अनशन किया था। गांधीजी ने अनशन तो किया था परंतु वहाँ के अल्पसंख्यक को सुरक्षा प्रदान करने के लिये ना कि पैसे देने के लिये। जहाँ एक तरफ भारत पाकिस्तान आजादी के जश्न में सराबोर था। वहीं गांधीजी एक कोने में बैठकर भारत माँ के टुकड़े होने पर आँसू बहा रहे थे।

फिर बात आती है कि भगत सिंह कि फांसी क्यों नहीं रुकवाई। आपको बता दें कि गांधीजी ने अपनी हर एक संभव कोशिश कि। गांधी इर्विन समझौते से हटकर वाईसराय से बात भी कि उन्होंने सरल शब्दों में चेतावनी भी दी कि अगर आप मौजूदा हालात को बेहतर बनाना चाहते हैं तो आपको भगत सिंह और उनके साथियों कि सजा को खत्म कर देना चाहिए। इसके बावजूद गांधीजी के मन में संतोष नहीं था। तो 19 मार्च को इर्विन से मिलकर दोबारा अपील कि, फिर 23 मार्च को चिट्ठी तक लिखी जिसमें वॉयसराय के सामने में अपनी आत्मा तक को उड़ेल कर रख दिया। गांधीजी ने कोशिश नहीं कि ये

कहना सरासर गलत होगा। और भगत सिंह के पिता जब भगत सिंह से मिलने पहुचें थे तो उन्होंने खुद कहा था कि उनकी फांसी को न रोका जाये क्योंकि इससे युवाओं में आज़ादी कि जो लहर है वो खत्म हो जायगी और अगर फांसी दे दी गयी तो आजादी की मशाल और धधककर जल उठेंगी और ऐसा हुआ भी, भगत सिंह कि आज़ादी के लिये दी गयी आहुति कभी व्यर्थ नहीं गयी।

गांधी जी ने जिस भारत का सपना देखा था क्या वास्तव में वह आज पूरी तरह खो गया है। इसके प्रत्युत्तर में यह प्रश्न अवश्य उठता है कि कितने लोगों ने गांधी की कथा व्यथा को पढ़ा है, समझा है, उस पर चिंतन-मनन, मंथन किया है। जिस महान पुरुष को, उसके कार्यों को, सारा विश्व आश्चर्यचकित होकर देखता सुनता रहा हो उसके नाम को किस-किस तरह उस देश के नेताओं ने उनके अनुयायियों ने भुनाया है, यह कहने लिखने की बात नहीं है। सारा विश्व आज पूछता है कि क्या गांधी के दर्शन का, सिद्धांतों का, आदर्शों का जनाज़ इस देश से उठ गया है? क्या यह वही देश है जिसके करोड़ों लोगों के दिलों पर कभी गांधी उसके सिद्धांतों और दर्शन ने राज किया था? यह सत्य है कि किसी महापुरुष का सारा जीवन चिंतन सर्वकालिक उपयोग का नहीं होता है। सिद्धांतों, आदर्शों, दर्शन का निर्माण परिस्थितियों के दबाव में होता है। बदलते परिवेश के साथ ही परिस्थितियों के दबाब से उनमें परिवर्तन होता है। परंतु यह भी कटु सत्य है कि अक्सर व्यक्तिगत अथवा राजनीतिक स्वार्थों के दबाव में दर्शन, सिद्धांतों, आदर्शों की धज्जियां तक उड़ जाती हैं। स्वतंत्रता आंदोलन के दिनों में

सामाजिक राजनीतिक विसंगतियां, विरोधाभास थे मगर छोटे-छोटे पौधों के रूप में थे। सत्ता लिप्सा को उन्होंने आज विशाल वटवृक्ष का रूप दे दिया है।

अफ्रीका में गांधी जी जब वकालत कर रहे थे तब वे सुटेड-बुटेड गांधी थे। पर जब स्वतंत्रता की अलख जगाने के लिए भारत की भूमि पर उतरे थे तब एक संत की तरह पुरानी गुजराती वेशभूषा में उतरे थे। संत की तरह आए तो फकीर की तरह चले भी गए थे। दुखी होकर शायद ही कोई स्वीकार करे कि इस देश में गांधी का कोई राजनीतिक स्वार्थ रहा होगा। किसी समय विश्व की सबसे बड़ी जनसंख्या का समर्थन और राजनीतिक शक्ति हासिल करने वाला व्यक्ति चाहता तो क्या नहीं कर सकता था। क्या नहीं पा सकता था, दुनिया का कौन सा सुख चैन, ऐशो-आराम था जो उन्हें नहीं मिल सकता था। स्वतंत्रता के बाद जिस तरह लोगों ने नेताओं ने आंदोलन में भाग लेने का मुआवजा देश से वसूला है कौन नहीं जानता। पर अफ्रीका से आने के बाद एक चश्मा है, एक लाठी, एक खड़ाऊ, एक घड़ी, एक धोती मात्र अंतिम समय तक उनके साथ रहे थे। विश्व नेताओं के इतिहास में गांधीजी जैसा कोई दूसरा उदाहरण हमें देखने को शायद कभी मिल नहीं पाएगा। देखा जाए तो तब एक जिन्ना हुआ था आज इस देश में जिन्नाओं की कोई कमी नहीं है। 1920 में खिलाफत आंदोलन तथा असहयोग आंदोलन जब आपस में मिल गए उस समय इलाहाबाद की एक मुस्लिम सभा में गांधी जी ने कहा था "यह लड़ाई, एक शक्तिशाली शत्रु से एक बड़ी लड़ाई है इसमें हम सभी को कुछ खोने और अहिंसा अनुशासन का पालन करने

के लिए तैयार रहना चाहिए। यदि हम जीतना चाहते हैं तो इस अहिंसात्मक लड़ाई में हमें तानाशाही और फौजी कानून का प्रयोग करना होगा। आप चाहे मुझे ठोकर मार कर निकाल दें, मेरा सिर मांग लें, जैसा चाहे वैसा मुझे दंड दे। परंतु यह तानाशाही आपकी सद्भावना, आप की स्वीकृति और आपके सहयोग पर निर्भर होगी। यदि आप मुझे नेता मानते हैं तो मेरी यह शर्तें आपको माननी होंगी, यह अधिकार आपको मुझे देना ही होगा। जब आप समझे आपको मेरी जरूरत नहीं है आप निकालकर मुझे फेंक दें, पैरों से कुचल दें, मैं शिकायत नहीं करूंगा।" इतने विनीत भाव से साफ कठोर शब्दों में कहने की क्षमता सिर्फ किसी महात्मा में ही हो सकती है। किसी राजनीति के माहिर व्यक्ति में नहीं। तब तत्कालीन नेताओं ने उनके सत्य, अहिंसा, असहयोग आंदोलन को देख कर कहा था इन्हें देख कर अंग्रेज तो क्या चूहे तक नहीं भागेंगे। दलितों के उत्थान का युग भी गांधी के समय से ही शुरू हुआ। सन् 1928 में लक्ष्मीनारायण हिमणघाट, 1932 में वर्धा के मंदिरों को उनके प्रयासों से हरिजनों के लिए खुलवाया गया था। हरिजनों को मंदिर में प्रवेश देने के लिए 1920 में उन्होंने ये धूलिया जेल में आमरण अनशन किया। 1933 में साबरमती आश्रम की जमीन उन्हीं के प्रयासों से हरिजन संघ को प्राप्त हुई थी। 1933 में हरिजनों के उत्थान अस्पृश्यता निवारण के लिए उन्होंने सारे देश का दौरा किया। कुष्ठ रोगियों जिन्हें देखना छूना भी लोग पसंद नहीं करते थे ऐसे रोगी की अपने हाथों से मालिश किया करते थे। कितने नेता कितने समाज सुधारक हैं आज जो मैला ढोने वालों के मोहल्ले में रहने का साहस कर सकते हैं? परंतु गांधी जी ने कुछ दिन मात्र इसलिए उनके साथ बिताए थे कि

उनकी समस्याओं को कठिनाइयों को समझ सकें और उन्हें राष्ट्र की समानता की मुख्यधारा में ला सकें।

भारतीय स्वाधीनता आंदोलन में सत्याग्रह, सविनय आंदोलन, असहयोग आंदोलन, गोलमेज कांफ्रेंस, अहिंसा आंदोलन, स्वदेशी आंदोलन, अनशन आंदोलन, अस्पृश्यता आंदोलन, छुआछूत-भेदभाव विरोधी आंदोलन, दांडी मार्च, भारत छोड़ो आंदोलन, कहां-कहां गांधी जी दिखाई नहीं पड़ते है। कल्पना कीजिए स्वाधीनता आंदोलन के ऐतिहासिक पृष्ठों से, घटनाओं से, यदि गांधी जी को हम हटा दें तो फिर क्या लिखने पढ़ने सुनने को शेष नहीं रह जाता है क्या हर ओर शून्य नजर नहीं आएगा। यद्यपि अनेक देश भक्तों ने स्वाधीनता आंदोलन के दौरान अपनी आहुति दी है जिनका योगदान किसी भी दृष्टि से कम नहीं आंका जा सकता है, भुलाया नहीं जा सकता है। आज चैलेंज शोध का विषय लोगों के सामने आ सकता है। क्या ऐसे भारत की कल्पना गांधीजी ने की थी कि सड़कों पर सरकार के शासन प्रशासन के सारे कानूनों की धज्जियां गुंडे अपराधी उड़ाएंगे। जिन्हें गोली मार दी जानी चाहिए वो सम्मान पाएं। गांधी ने अपना सारा जीवन, सुख, आराम देश पर न्योछावर किया, क्या गर्मी, सर्दी, बरसात में पैदल यात्रा कर अनेक कष्ट झेले पर कोई बताए उन्होंने उनके वारिसों ने इस देश से क्या लिया, या इन्हें देश ने क्या दिया। वर्तमान पीढ़ी में गांधी और उनके विचारों के, सिद्धांतों के प्रति जो भ्रांतियां लोगों ने फैलाई हैं उन्हें दूर करने की आवश्यकता है। जिससे वर्तमान पीढ़ी और आने वाली पीढ़ी उस संत के बारे में किसी भ्रम में न रहे। गांधी जी के साथ गांधी युग का अंत हो गया मगर महापुरुष

जन्म लेते हैं, मरते हैं, पर उनके सिद्धांत, आदर्श दर्शन कभी नहीं मरते। वे समय के साथ पनपी विरोधी शक्तियों के कारण समय के गर्भ में दफन कर दिए जाते हैं। पर मनुष्य को, समाज को, समय को, परिस्थितियों को, जब उनकी आवश्यकता पड़ती है और जब उन्हें ऊर्जा मिलती है पुनः अंकुरित होते हैं। निसंदेह गांधी जैसा व्यक्तित्व न पैदा हुआ था और न पैदा होने की संभावना है।

गांधी का भारत और आज का भारत

कभी-कभी यह सोचने का मन करता है कि आज गांधी होते तो क्या करते । जाहिर है, वे वर्तमान स्थितियों के प्रति मूक दर्शक नहीं बने रह सकते थे ।

पर उन्होंने जिन साधनों-अस्त्रों के सहारे ब्रिटिश शासन के विरुद्ध लड़ाई लड़ी थी और उसे इस देश की धरती को सदा के लिए छोड़ कर जाने के लिए मजबूर कर दिया था। वे भी अब के हालात में लोगों को प्रभावित करने और सरकार को अपने मंसूबे बदलने में निश्चय ही कामयाब नहीं हो सकते थे ।

भारत को आजादी मिलने के बाद जब सारा देश जश्न मना रहा था, तब गांधी जी साम्प्रदायिक दंगों को रोकने के लिए आमरण अनशन कर रहे थे। उन्हें आजादी मिलने की ख़ुशी से कहीं अधिक बिखरते भारत की चिन्ता थी। वे चाहते थे कि देश का प्रत्येक नागरिक समान रूप से आजादी और समृद्धि को प्राप्त करे। महान विचारक, दार्शनिक, कुशल राजनेता एवं दूरदृष्टा महात्मा मोहनदास करमचन्द गांधी ने जिस भारत की कल्पना की थी, आज़ादी के सत्तर वर्ष बाद भी क्या हम उस भारत का निर्माण कर पाये हैं? यह यक्ष प्रश्न हम सब के सामने है।

गांधी जी ने अपनी प्रसिद्ध कृति 'मेरे सपनो का भारत' में लिखा है "मैं भारत को स्वतन्त्र और बलवान बना हुआ देखना चाहता हूँ। भारत का भविष्य पश्चिम के उस रक्त-रंजित मार्ग पर नहीं

है जिस पर चलते-चलते पश्चिम अब स्वयं थक गया है। पाश्चात्य सभ्यता का मेरा विरोध असल में उस विचारहीन और विवेकहीन नक़ल का विरोध है।

गांधी जी के उपरोक्त विचारों से स्पष्ट है कि वे पाश्चात्य सभ्यता और नीतियों के दुष्प्रभावों को भलीभांति समझते थे। उसके मुकाबले में उन्हें भारत का सादा रहन-सहन और परोपकारी नीतियाँ कहीं अधिक उन्नत दिखाई देती थीं। परन्तु दुर्भाग्य से आजादी के बाद से भारत में जिस तेजी से पाश्चात्य सभ्यता ने पाँव पसारे हैं उतनी तेजी से तो तब नहीं पसारे थे जब यहाँ अंग्रेजी शासन था। भौतिकता की अन्धी दौड़ में भागते समाज में आज नैतिकता का कोई मूल्य ही नहीं रह गया है। वे लोग आज अति पिछड़े हुए समझे जाते हैं जो 'सादा जीवन उच्च चिन्तन' को अपने जीवन में धारण करने का प्रयास करते हैं। अब तो उन्हें अकर्मण्य और आलसी तक की संज्ञा भी दी जाने लगी है। गांधी जी की दृष्टि में "भारत अपने मूल स्वरूप में कर्मभूमि है, भोगभूमि नहीं।" परन्तु आज हमारा प्रत्येक प्रयास भारत को भोगभूमि बनाने पर ही केन्द्रित रहता है। भोगवादी संस्कृति मनुष्य के पतन का मार्ग किस तरह से प्रशस्त करती है, इसके अनगिनत उदाहरणों से इतिहास के पन्ने भरे पड़े हैं।

जिनके विरुद्ध अब समर होने हैं वे साम्राज्यवादी भूमंडलीय ताकतें और उनके विदेशों पर चलती देश और राज्यों की सरकारें अब ब्रिटिश शासकों से भी अधिक क्रूर, खुदगर्ज और चालाक हो गई हैं। उनसे लोहा लेने के लिए एक नए तरीके की अत्यंत सुनियोजित दूरदर्शी कार्ययोजना का होना आवश्यक हो

गया है । इस स्वार्थी और अन्यायी दुनिया को बदलने के लिए जिस तरह की ताकत का इस्तेमाल करना जरूरी लगने लगा है, वह गांधी की अहिंसा का वह पुनर्परिभाषित स्वरूप है जो दमन को रोकने के लिए निष्क्रिय प्रतिरोध की जगह क्रियात्मक शक्ति के प्रयोग की वकालत करता है ।

लम्बे समय तक सत्ता सुख भोगने की चाहत में शुरू हुई वोट बैंक की राजनीति ने भारतीय संविधान में अब तक जितने परिवर्तन किये हैं उनसे संविधान सम्बन्धी गांधी जी की मूल अवधारणा एक तरह से नष्ट ही हुई है। उनका कथन था "मैं ऐसे संविधान की रचना करवाने का प्रयत्न करूंगा, जो भारत को हर तरह की गुलामी और परावलम्बन से मुक्त कर दे। मैं ऐसे भारत के लिए कोशिश करूंगा, जिसमें गरीब से गरीब लोग भी यह महसूस करेंगे कि यह उनका देश है। जिसके निर्माण में उनकी आवाज का महत्व है। मैं ऐसे भारत के लिए कोशिश करूँगा, जिसमें ऊँचे और नीचे वर्गों का भेद नहीं होगा और जिसमें विविध सम्प्रदायों में पूरा मेलजोल होगा। ऐसे भारत में अस्पृश्यता के या शराब और दूसरी नशीली चीजों के अभिशाप के लिए कोई स्थान नहीं हो सकता। ऐसे सब हितों का जिनका करोड़ों मूक लोगों से कोई विरोध नहीं है, पूरा सम्मान किया जायेगा, फिर वे हित देशी हों या विदेशी। यह है मेरे सपनों का भारत।"

अब तक की हमारी सरकारें गांधी जी के इन विचारों की कसौटी पर कितनी खरी उतरी हैं इसे बताने की आवश्यकता नहीं हैं। हाल ही में सुप्रीम कोर्ट के विरुद्ध जाकर एससी/एसटी

एक्ट में किया गया बदलाव इसका सबसे ताजा उदाहरण है। हो सकता है इससे समाज के किसी वर्ग का कुछ हित संरक्षित हो सके परन्तु दूसरी ओर समाज के एक बहुत बड़े वर्ग के अहित का मार्ग स्वतः प्रशस्त हो जाता है। आरक्षण जैसी कुव्यवस्था भी इसी मार्ग की अनुगामी है। जबकि गांधी जी के विचार से उसी हित का सम्मान होना चाहिए जिसका करोड़ों मूक लोगों से कोई विरोध न हो। गांधी जी ने शराब तथा अन्य नशीली वस्तुओं को समाज के लिए अभिशाप बताया है। क्या शराब या ऐसे अन्य अनेक मादक पदार्थों से देश को अब तक हम बचा पाये हैं? समाज का एक बहुत बड़ा वर्ग आज मद्यपान की गिरफ्त में है। जिनकी संख्या घटने की बजाय निरन्तर बढ़ रही है। इस सन्दर्भ में इससे बड़ा विद्रुप और क्या होगा कि गांधी जी के देश की सरकार स्वयं ही शराब की दुकानें चलवाती है और नशीले पदार्थों के निर्माण व विक्रय के लिए लाइसेन्स जारी करती है। गांधी जी ने साम्प्रदायिक मेलजोल की परिकल्पना की थी लेकिन वोटबैंक की राजनीति ने देश को अब तक सम्प्रदाय और जाति के खांचों में बाँटने का ही कार्य किया है।

यही फर्क है गांधी और आज के भारत में।

गांधीवाद

1936 में गांधी जी ने कहा था, 'गांधीवाद कुछ भी नहीं है। मैं अपने पीछे किसी भी पंथ को नहीं छोड़ना चाहता। मैं एक नया सिद्धांत बनाने का दावा नहीं करता। मैंने केवल अपने तरीके के अनुसार अपने दैनिक जीवन और समस्याओं के लिए शाश्वत सत्य को लागू करने की कोशिश की है। मैंने जो कहा है, उसमें मेरी विचारधारा है। इसे गांधीवाद मत कहो, इसमें कोई वाद नहीं है। हालाँकि गांधीजी अपने विचारों को किसी विशेष सिद्धांत को कहने से हिचक रहे हैं, लेकिन हम कह सकते हैं कि गांधीजी के मानव जीवन और राजनीतिक समाज पर कई महत्वपूर्ण विचार थे जिन्हें हम गांधीवाद का नाम दे सकते हैं। यहां गांधीजी के मुख्य राजनीतिक विचारों का संक्षिप्त विवरण दिया गया है -

राज्य के बारे में विचार

गांधीजी राज्य को एक आवश्यक या प्राकृतिक या दैवीय संस्थान नहीं मानते थे। वे राज्य के वर्तमान स्वरूप के भी खिलाफ थे और राज्य को एक स्मृति मशीन के रूप में मानते थे। विरोध का मुख्य आधार यह था कि राज्य हिंसा या शक्ति पर आधारित होता है। राज्य उस शक्ति का उपयोग करता है जिसके द्वारा व्यक्ति की स्वतंत्रता नष्ट हो जाती है और व्यक्ति अपने जीवन को संतुलित तरीके से विकसित नहीं कर सकता है। उनका विचार था कि यह राजनीतिक शक्ति अंतिम लक्ष्य नहीं है। लेकिन एक ऐसा साधन है जिसके द्वारा व्यक्तियों को अपने जीवन का सर्वांगीण विकास करने में सक्षम बनाया जा सकता है। लेकिन गांधीजी इस बात से निराश थे कि वर्तमान राज्य इस कसौटी पर खरे नहीं उतरे। गांधी जी के अनुसार, "राज्य एक संगठित तरीके से हिंसा का प्रतिनिधित्व करता है। व्यक्ति के पास एक आत्मा है लेकिन राज्य एक निःस्वार्थ साधन की तरह है। इसको हिंसा से कभी भी अलग नहीं किया जा सकता कयोंकि हिंसा ही इसकी उत्पत्ति का स्रोत है।

आदर्श समाज

वर्तमान राज गांधी जी की नज़र में सत्ता पर आधारित है। ऐसे राज्य को समाप्त करके, गांधीजी एक आदर्श समाज की स्थापना करना चाहते थे। जो अहिंसा पर आधारित हो और जिसमें व्यक्तियों को अधिकतम स्वतंत्रता प्राप्त हो। गांधी जी का आदर्श समाज राज्यहीन और वर्गविहीन होगा। जहाँ स्वतंत्र गाँव इसकी मूल इकाइयाँ होंगी। ऐसे समाज में, पुलिस या सैन्य शक्ति की इतनी आवश्यकता नहीं होगी क्योंकि इसमें रहने वाले लोग शासन और संयम का पालन करेंगे। यह एक धर्मनिरपेक्ष समाज होगा जहां सभी को अपनी पसंद के किसी भी धर्म का पालन करने की स्वतंत्रता होगी। गांधीजी का आदर्श समाज लोकतांत्रिक सिद्धांतों पर आधारित होगा। प्रत्येक गाँव में एक पंचायत स्थापित की जाएगी, जिसमें गाँव को चलाने के लिए पूरी शक्तियाँ होंगी। इस तरह सभी सवैनिर्भर और सवै आश्रित गांव एक संघ की इकाइयों के रूप में काम करेंगे। इस समाज में पंचायती राज के साथ, शक्तियों का कोई केंद्रीकरण नहीं होगा। गांधीजी के काल्पनिक समाज में बड़े शहर, अदालत और जेल नहीं होंगे, बल्कि छोटे-छोटे गाँव, पंचायत और सुधार गृह होंगे। गांधीजी के आदर्शवादी राज्य में राजनीतिक शक्ति और आर्थिक प्रबंधन का विकेंद्रीकरण होगा।

राज्य के कार्य क्षेत्र

चाहे गांधीजी का उद्देश्य एक अहिंसक समाज की स्थापना करना था। लेकिन उन्होंने इस तथ्य को महसूस किया कि उनका लक्ष्य तुरंत हासिल नहीं होने वाला था। उन्होंने खुद कहा था, "मैं तुरंत इस तरह के सुनहरे युग की कल्पना नहीं कर सकता, लेकिन मैं अहिंसक समाज में दृढ़ता से विश्वास करता हूं।" इस प्रकार गांधीजी राज्य की सत्ता को तुरंत समाप्त नहीं करना चाहते थे। बल्कि वे राज्य के कार्य के दायरे को सीमित करना चाहते थे। उनका मानना था कि राज्य को न्यूनतम कार्य करना चाहिए और व्यक्ति के व्यक्तिगत मामलों में हस्तक्षेप नहीं करना चाहिए। वह चाहते थे कि लोगों को न्याय राज्य अदालतों के माध्यम से नहीं बल्कि पंचायतों के माध्यम से न्याय मिले। उनका विचार था कि राज्य की शक्तियों में वृद्धि नहीं की जानी चाहिए क्योंकि राज्य की बढ़ती शक्ति व्यक्तिगत स्वतंत्रता को नष्ट कर देती है।

अहिंसा

अहिंसा गांधीजी के जीवन और दर्शन का एक अभिन्न अंग था। उनका विचार था कि जिस प्रकार पशु साम्राज्य में हिंसा एक आवश्यक कानून है, उसी प्रकार अहिंसा मानव समाज का मूल आधार है। अहिंसा का शाब्दिक अर्थ बल प्रयोग करके किसी को मारना नहीं है। लेकिन गांधीजी ने अहिंसा शब्द का अर्थ बहुत व्यापक रूप से लिया है। उन्होंने अहिंसा को आध्यात्मिक और दैवीय अहिंसा शक्ति के रूप में वर्णित किया है। उनके अनुसार, अहिंसा का अर्थ किसी भी तरह से विचारों या शब्दों या कर्मों के माध्यम से किसी को नुकसान पहुंचाना या नुकसान पहुंचाना नहीं है। गांधीजी के विचार में, दूसरों के बारे में बुरा सोचना या कठोर भाषण देना भी हिंसा है। गांधीजी का विचार है कि जो व्यक्ति अहिंसा में विश्वास करता है, वह किसी से भी नफ़रत नहीं करता और किसी को भी अपना दुश्मन नहीं मानता। गांधीजी के विचार में, अहिंसा न केवल एक नकारात्मक अवधारणा है, बल्कि यह एक सकारात्मक अवधारणा भी है। जबकि इसका मतलब दूसरों को नुकसान पहुंचाना नहीं है, बल्कि यह दूसरों का भला करने का भी संकेत है।

सत्याग्रह

बुराई से लड़ने के लिए सत्याग्रही गांधी जी का एक विशेष तरीका है। सत्याग्रही गांधीवाद का दिल और आत्मा है और यह अत्याचार से लड़ने के लिए, दबे हुए लोगों के लिए, गांधीजी का विशेष उपहार है। संक्षेप में सत्याग्रही का अर्थ वह विधि है जिसके द्वारा व्यक्ति को प्रेम और आत्म-पीड़ा के साथ बुराई, अन्याय और अत्याचार का सामना करना है। सत्यहि का शाब्दिक अर्थ है "सत्य पर डटे रहना।" एक सच्चा सत्याग्रही प्रेम से बुराई का विरोध करता है। वह खुद को कष्ट पहुँचाता है, अपने विरोधी को नहीं, और इस तरह अपने विरोधियों की आंतरिक भावनाओं को प्रेरित करने की कोशिश करता है। गांधीजी के विचार में, सत्याग्रह का अर्थ है कष्टों को सहन करके सत्य का प्रगटावा करना। सत्याग्रही हिंसा के बिल्कुल विपरीत है और गांधीजी के विचार में यह बहादुर और मजबूत लोगों का हथियार है। गांधी जी ने सत्याग्रही के कई तरीकों का वर्णन किया है। ऐसी विधियों में असहयोग, हड़ताल, धरने देना, सामाजिक बॉयकॉट, सिवल न फुरमानी, उपवास और हिजरत आदि शामिल हैं।

धर्म और राजनीति

गांधीजी धर्मनिरपेक्ष राजनीति के कट्टर विरोधी थे। उनका विचार था कि राजनीति को धर्म से अलग नहीं किया जा सकता है। उनके विचार में, धर्मनिरपेक्ष राजनीति की कल्पना नहीं की जा सकती। लेकिन यहां यह ध्यान देने योग्य है कि गांधी जी का धर्म किसी धर्म विशेष के सिद्धांतों तक सीमित नहीं था, बल्कि विश्वव्यापी धर्म था। गांधी का धर्म, वास्तव में, विश्वव्यापी नैतिक सिद्धांतों का एक समूह था। उनके विचार में, इस ब्रह्मांड के लिए परम ब्रह्म द्वारा निर्धारित नैतिक नियमों में अटूट विश्वास का नाम ही धर्म है। वह ऐसी मान्यता के साथ राजनीति को पवित्र करना चाहते थे। धर्म के विचार के बारे में, उन्होंने स्वयं कहा था, "धर्म का अर्थ हिंदू धर्म या इस्लाम के सिद्धांतों में विश्वास करना नहीं है, बल्कि इसका अर्थ है कि इस ब्रह्मांड के प्रबंधन के लिए निर्धारित नैतिक नियमों में विश्वास करना है। राजनीति को ऐसे धर्म से अलग नहीं किया जा सकता है। उन्होंने कहा कि, "सच्चाई के प्रति मेरी लग्न मुझे राजनीति के दायरे में खींच लाई है।" मैं बिना किसी हिचकिचाहट और बड़ी विनम्रता के साथ कहता हूं कि जो लोग कहते हैं कि धर्म का राजनीति से कोई लेना-देना नहीं है, वे वास्तव में धर्म का अर्थ नहीं समझते हैं।

उद्देश्य और साधन

गांधीजी ने अच्छे उद्देश्यों की उपलब्धि पर जोर देते हुए इस तथ्य का जोरदार समर्थन किया है कि अच्छे उद्देश्यों की प्राप्ति के लिए अच्छे साधन भी आवश्यक हैं। गांधी जी ने साधनों की तुलना बीज से की है। उनका मतलब था कि जैसा बीज होगा वैसा ही पौधा और उसके फल होंगे। इस प्रकार यदि साधन अच्छे नहीं हैं तो उद्देश्य अच्छे नहीं हो सकते। गांधीजी का विचार था कि उद्देश्यों की प्राप्ति के लिए साधनों की नैतिकता आवश्यक है।

स्वतंत्रता के बारे में विचार

गांधीजी राष्ट्रीय स्वतंत्रता के इलावा व्यक्तिगत स्वतंत्रता को पहला स्थान देना चाहते थे। उन्होंने ऐसे विचारकों की निखेधी की जो राज्य को अधिकतम शक्ति देने और व्यक्तिगत स्वतंत्रता के क्षेत्र को सीमित करने का समर्थन हैं। 1942 में उन्होंने हरिजन पत्रिका में लिखा कि व्यक्तिगत स्वतंत्रता का त्याग करके समाज का निर्माण संभव नहीं है। ऐसा करना व्यक्ति के मौलिक स्वभाव के विरुद्ध है। गांधी जी का विचार था कि व्यक्ति को अपनी स्वतंत्रता को प्राप्त करने और बनाए रखने के लिए महान बलिदान करने में संकोच नहीं करना चाहिए। गांधीजी का विचार था कि स्वतंत्रता की अनुपस्थिति का अर्थ व्यक्ति और राष्ट्र की मृत्यु है। क्योंकि स्वतंत्रता के बिना किसी भी राष्ट्र या व्यक्ति किसी भी रूप में विकास नहीं कर सकता।

स्वराज के बारे में विचार

स्वराज पर गांधीजी के विचारों के दो पहलू हैं। एक तो वह स्वराज का अर्थ मानते हैं कि स्वराज एक सकारात्मक विचार है। वे स्वराज को एक पवित्र शब्द मानते थे जिसको वेदों में भी वर्णित किया गया है। इस दृष्टिकोण से, उन्होंने स्वराज का अर्थ सभी प्रकार के बंधनों से मुक्ति के रूप में नहीं, बल्कि आत्म शासन और आत्म संयम के रूप में लिया। यह उनके स्वराज का आध्यात्मिक पहलू था। व्यावहारिक रूप में, उनका स्वराज से अर्थ था, कि लोगों को अपनी इच्छा अनुसार अपने प्रयासों के माध्यम से अपने भाग्य का निर्माण करने में सक्षम होना चाहिए। स्वराज पर अपने विचार व्यक्त करते हुए उन्होंने 29 जनवरी 1925 को 'यंग इंडिया' में लिखा," मैं यह कहना चाहूंगा कि कुछ के हाथों में सत्ता के आने के साथ सच्चा स्वराज स्थापित नहीं होगा। बल्कि इसकी स्थापना उस समय होगी जब सभी व्यक्तियों में शक्ति के दुरुपयोग को रोकने की क्षमता आ जाएंगी।

लोकतंत्र के बारे में विचार

गांधीजी एक पूर्ण लोकतंत्रवादी थे। उनका दृढ़ विश्वास था कि लोकतंत्र की सफलता के लिए लोगों में सहिष्णुता, अनुशासन, विनम्रता और बलिदान की भावना की आवश्यकता है। लोकतंत्र में शासक द्वारा जनमत का सम्मान करना बहुत महत्वपूर्ण है। गांधीजी ने कहा कि उनके सपनों का लोकतंत्र विकेंद्रीकरण और अहिंसा के सिद्धांतों पर आधारित होगा। ऐसे लोकतंत्र में लोगों को ज्यादा से ज्यादा स्वतंत्रता प्राप्त होगी और वे राजनीति की शक्ति को कुछ ही व्यक्तियों के हाथों में केंद्रित नहीं होने देना चाहते थें। जो अपने हाथों से किरत करता है। 1924 बलगाम में कांग्रेस के वार्षिक समागम में अपने प्रधानगी भाषण में उन्होंने कहा था कि मेरे विचार में वोट का अधिकार देने के लिए ना संपत्ति, ना ही रुतबा, मुख्य योग्यता होनी चाहिए, बल्कि इसका आधार किरत होना चाहिए।

बहुमत के सिद्धांत का विरोध

गांधीजी को बहुमत के शासन में कोई विश्वास नहीं था। उन्होंने महसूस किया कि प्रचलित संसदीय लोकतंत्रीय प्रणाली लोगों कि बहुमत शासन नहीं करता बल्कि कुछ राजनीतिक दलों के प्रमुख नेता ही अपने विचारों के अनुसार शासन करते है। गांधीजी एक ऐसे लोकतंत्र के समर्थक थे जहां लोग आंतरिक रूप से स्वतंत्र हैं और सत्ता के दुरुपयोग को रोकने के लिए निडरता और क्षमता रखते हैं।

प्रतिनिधि प्रणाली, संसदीय प्रणाली आदि के बारे में विचार

गांधीजी प्रतिनिधि लोकतांत्रिक प्रणाली के पक्ष में हैं। गांधीजी चुनाव के खिलाफ नहीं थे। उनके अनुसार, लोगों को उन उम्मीदवारों को चुनना चाहिए जो योग्य, अनुभवी निस्वार्थ और ईमानदार हों। गांधीजी वयस्क मताधिकार के समर्थक थे, लेकिन उनका कहना है कि केवल उस नागरिक को वोट का अधिकार मिलना चाहिए जो अपनी रोजी-रोटी आप कमाता हो। दूसरे शब्दों में गांधीजी मजदूर मताधिकार के पक्ष में थे।

पुलिस और सेना

गांधीजी के आदर्श राज्य में पुलिस और सेना का कोई स्थान नहीं है। लेकिन आज के राज्य में गांधीवादियों को पुलिस और सेना की आवश्यकता महसूस होती है। गांधीवादियों के अनुसार, पुलिस और सेना के जवान अहिंसक होंगे। उनके पास हथियार होंगे लेकिन उनका उपयोग कम से कम होगा। पुलिस और सेना में कोई बदले की भावना नहीं होगी और इसका मुख्य उद्देश्य लोगों का कल्याण होगा।

राष्ट्रवाद के बारे में विचार

गांधीजी एक सच्चे राष्ट्रवादी थे। उन्हें राष्ट्रवादी होने पर गर्व था। उनकी हार्दिक इच्छा थी कि प्रत्येक देश में प्रत्येक व्यक्ति एक सच्चा राष्ट्रवादी हो। लेकिन उनका राष्ट्रवाद संकीर्ण राष्ट्रवाद या मानवतावाद-विरोधी राष्ट्रवाद नहीं था। उनका विचार था कि राष्ट्रवाद का मानवतावाद या किसी अन्य देश के हितों से कोई विरोध नहीं है। उनके विचार में, प्रत्येक व्यक्ति का यह महत्वपूर्ण कर्तव्य है कि देशभक्त और राष्ट्रवादी हो। उनका यह मत था कि राष्ट्रवाद किसी भी राष्ट्र को अन्य राष्ट्रों को अपने अधीन करने का अधिकार नहीं देता है। यही कारण है कि उन्होंने साम्राज्यवाद और बस्तीवाद का घोर विरोध किया।

अंतर्राष्ट्रीयतावाद के बारे में विचार

गांधीजी एक राष्ट्रवादी होने के साथ साथ अंतर्राष्ट्रीयतावादी भी थे। उनका राष्ट्रवाद न तो मानव-विरोधी था और न ही राष्ट्रों के प्रति घृणा का प्रतीक था। उनका मानना था कि एक राष्ट्रवादी हुए बिना कोई अंतरराष्ट्रीय नहीं बनाया जा सकता है। इस संबंध में उन्होंने कहा था कि "मेरी राय में, राष्ट्रवादी बने बिना किसी के लिए भी अंतर्राष्ट्रीयवादी बनना असंभव है।" अंतर राष्ट्रवाद तभी संभव हो सकता है। जब राष्ट्रवाद एक वास्तविकता बन जाए।

गांधीजी का अंतर-राष्ट्रवाद वास्तव में मानवतावाद था। उनके इस कथन से यह सत्य स्पष्ट होता है। उन्होंने कहा था कि "मैं भारत को समृद्ध चाहता हूँ। ताकि दुनिया को इससे फायदा हो सके। मैं अन्य राष्ट्रों को नष्ट करके भारत की समृद्धि नहीं चाहता हूँ। मैं उस देशभक्ति को अस्वीकार करता हूं जो अन्य राष्ट्रीयताओं की परेशानियों और शोषण को प्रोत्साहित करती है।

अमीरों से जबरदस्ती धन छीनने का विरोध

गांधीजी का दृढ़ विश्वास था कि यदि सभी लोगों के पास उतनी ही संपत्ति है जितनी उन्हें जरूरत है, तो समाज में भूख और गरीबी नहीं होगी और सभी को संतोषजनक जीवन जीने का अवसर मिलेगा। लेकिन गांधीजी के सामने समस्या यह थी कि अमीरों से अतिरिक्त धन कैसे लिया जाए। कम्युनिस्ट विचारधारा ने इस संबंध में एक तरीका सुझाया, लेकिन गांधीजी उस पद्धति से सहमत नहीं थे। कम्युनिस्ट सिद्धांत के अनुसार, पूंजीपति और बड़े जमींदारों को एक क्रांति द्वारा उनकी संपत्ति से वंचित किया जा सकता है और उस तरह से स्थापित सरकार पूंजीपतियों के वर्ग को पूरी तरह से समाप्त कर सकती है। यह विधि हिंसा का उपयोग करती है। लेकिन गांधीजी का विचार था कि हिंसक कृत्यों द्वारा पूंजीपति वर्ग को समाप्त करने से समाज को कोई विशेष लाभ नहीं होगा। समाज ऐसे लोगों की श्रेणी से वंचित रह जाएगा जिनके पास अपनी बुद्धि के माध्यम से धन एकत्र करने की कला है। इसके अलावा, गांधीजी का विचार था कि सत्ता ग्रहण करने के बाद कार्यकर्ताओं में विभाजन की संभावना थी। इसलिए, गांधीजी ने समाज में धन के वितरण को समाप्त करने के लिए कम्युनिस्ट सिद्धांत पर विश्वास नहीं किया। इस उद्देश्य के लिए उन्होंने अपना स्वयं का सिद्धांत प्रस्तुत किया जिसे अमानतदारी प्रणाली (Trusteeship System) कहा जाता है।

अमानतदारी प्रणाली

अमानतदारी प्रणाली की एक बहुत ही सरल व्याख्या है कि अमीर लोगों को यह एहसास कराने के लिए है, कि उनके पास जो अतिरिक्त धन और संपत्ति है वह उनके खुद के किरत का नहीं बल्कि अन्य लोगों की मेंहनत का फल है। उनकी संपत्ति पूरे समाज की संपत्ति है और वे स्वयं इस धन और संपत्ति के लिए समाज के एकमात्र अमानतदार ही हैं। अमीर लोग उस धन और संपत्ति के मालिक नहीं हैं, बल्कि उनकी स्थिति केवल अमानतदारो की है। उतने ही पैसे और संपत्ति रखनी चाहिए जितना कि उन्हें अपनी सामान्य जरूरतों के लिए चाहिए, और बाकी पैसे और संपत्ति का उपयोग समाज के हित के लिए करना चाहिए। गांधीजी का दृढ़ विश्वास था कि अमानतदारी के सिद्धांत को व्यवहार में लाने के लिए, अहिंसा का उपयोग करना आवश्यक है। गांधी जी का यह सिद्धांत मानवीय निर्णय और मानवीय अहसास पर आधारित है।

रोटी के लिए किरत

गांधीजी ने हाथ से किरत को विशेष महत्व दिया। वह एक दृढ़ विश्वास था कि प्रत्येक व्यक्ति को अपनी रोटी कमाने के लिए थोड़ी बहुत किरत अवश्य करनी चाहिए। गांधीजी के विचार में वह लोग चोर होते हैं जो बिना मेंहनत के अपना पेट पालते हैं। गांधीजी के विचार में हाथ से किरत का इतना महत्व था कि उन्होंने मानसिक काम करने और बुद्धिजीवियों को शारीरिक मेंहनत करने के लिए कहा। गांधी जी ने उन्हें सूत कातने के साथ या किसी अन्य हस्तकला में काम करके अपना जीवन निर्वाह के लिए कमाने के लिए प्रेरित किया। गांधीजी ने मानसिक मेंहनत को समाज के लिए बहुत फायदेमंद माना लेकिन उनका विचार था कि रोज़ी कमाने के लिए शारीरिक मेंहनत अवश्य करनी चाहिए।

राजनीतिक विकेंद्रीकरण

गांधीजी ने राज्य के प्रभुत्वशाली रूप की निंदा की और जोर दिया कि शक्तियों का कोई केंद्रीयकरण नहीं होना चाहिए। गांधीजी ने राजनीतिक विकेंद्रीकरण पर जोर दिया है। राजनीतिक विकेंद्रीकरण का अर्थ है कि ग्राम समुदायों को अपने मामलों का प्रबंधन करने के लिए पर्याप्त स्वतंत्रता दी जाए और उन पर राष्ट्रीय या संघीय सरकार का नियंत्रण पूरी तरह से कम कर देना चाहिए। गांधीजी ग्रामीण संप्रदायों को अधिक स्वतंत्रता देकर आत्मनिर्भर इकाइयाँ बनाना चाहते थे। गांधीजी राजनीतिक विकेंद्रीकरण के माध्यम से ग्राम पंचायतों को अधिक अधिकार देना चाहते थे। ताकि जनता सीधे शासन के काम में भाग ले सके। गांधीजी चाहते थे कि राजनीतिक सत्ता लोगों द्वारा खुद प्रयोग की जाए, न कि उनके प्रतिनिधियों द्वारा।

आर्थिक विकेंद्रीकरण

गांधीजी के आदर्श राज्य में न केवल राजनीतिक विकेंद्रीकरण होगा, बल्कि आर्थिक विकेंद्रीकरण भी उनके आदर्श राज्य की एक महत्वपूर्ण विशेषता होगी। आर्थिक विकेंद्रीकरण से गांधीजी का मतलब बड़े पैमाने के उद्योगों को समाप्त करना और उनके स्थान पर कुटीर उद्योगों की स्थापना करना था। गांधीजी औद्योगीकरण के पक्ष में नहीं थे क्योंकि उनका मानना था कि बड़े पैमाने के उद्योगों का विकास मानव स्वतंत्रता को नष्ट कर देता है। गांधीजी के अनुसार, बड़े पैमाने पर उद्योगों की स्थापना व्यक्तिगत जीवन को नीरस बनाती है और साथ ही राज्य की शक्ति को बढ़ाती है। गांधीजी का यह भी विचार था कि बड़े पैमाने पर औद्योगिक विकास से हिंसा बढ़ी है और पश्चिमी संस्कृति की बहुत सारी बुराइयाँ औद्योगिक विकास का परिणाम हैं। बस्तीवाद, समाजवाद, अंतर्राष्ट्रीय शत्रुता आदि औद्योगिक विकास के परिणाम हैं। गांधीजी का आदर्श राज्य अहिंसा और आध्यात्मिक मूल्यों पर आधारित होगा। गांधीजी का विचार था कि उनका राज्य बड़े उद्योगों के अस्तित्व के साथ मेल नहीं खाता। किसी कारण से गांधीजी ने अपने आदर्श राज्य में आर्थिक विकेंद्रीकरण पर जोर दिया और बड़े उद्योगों के बजाय घरेलू उद्योगों को पहल दी।

अब तक आपने जो कुछ भी पढ़ा वही तो गांधीवाद है। गांधी एक दर्शन है। गांधीवाद दर्शन न केवल राजनीतिक, नैतिक

और धार्मिक है, बल्कि पारंपरिक और आधुनिक तथा सरल एवं जटिल भी है।

यह दर्शन कई स्तरों आध्यात्मिक या धार्मिक, नैतिक, राजनीतिक, आर्थिक, सामाजिक, व्यक्तिगत और सामूहिक आदि पर मौजूद है। इसके अनुसार-
आध्यात्मिक या धार्मिक तत्व और ईश्वर इसके मूल में हैं।
मानव स्वभाव मूल रूप से सद्गुणी है।
सभी व्यक्ति उच्च नैतिक विकास और सुधार करने के लिये सक्षम हैं।
गांधीवादी विचारधारा आदर्शवाद पर नहीं, बल्कि व्यावहारिक आदर्शवाद पर ज़ोर देती है।
गांधीवादी दर्शन एक दो-धारी तलवार है जिसका उद्देश्य सत्य और अहिंसा के सिद्धांतों के अनुसार व्यक्ति और समाज को एक साथ बदलना है।
गांधी जी ने इन विचारधाराओं को विभिन्न प्रेरणादायक स्रोतों जैसे- भगवद्गीता, जैन धर्म, बौद्ध धर्म, बाइबिल, गोपाल कृष्ण गोखले, टॉलस्टॉय, जॉन रस्किन आदि से विकसित किया।
इन विचारों को बाद में "गांधीवादियों" द्वारा विकसित किया गया है, विशेष रूप से भारत में विनोबा भावे और जयप्रकाश नारायण तथा भारत के बाहर मार्टिन लूथर किंग जूनियर और अन्य लोगों द्वारा।

अगर इनमें से कुछ प्रमुख गांधीवाद कि विचारधारा पर ध्यान दिया जाये तो उनमें से सबसे महत्वपूर्ण जो चीज है वो है सत्य

अहिंसा, सत्याग्रह, स्वराज, स्वदेशी और यही उनके हथियार भी थे, आज़ादी के आंदोलनों में।

महात्मा गांधी ने जन-भावना को महत्व देकर और परम्परागत राष्ट्रवाद की विचार धारा में सुधार करते हुए, 21 वीं सदी के भारत के लिए एक आदर्श प्रस्तुत किया। महात्मा गांधी ने विभिन्न प्रकार के रचनात्मक कार्यों के द्वारा विभिन्न समुदायों के बीच समन्वय स्थापित करने का कार्य किया। गांधीवाद की विचारधारा परम्परागत राष्ट्रवाद के विचारों से ऊपर उठकर थी।

गांधी पूरे विश्व को अपना राष्ट्र मानते थे। वे भारतीय वैदिक परम्परा में कही गईं बातों के अनुसार विश्व पूजन तथा माता भूमि पुत्रोः प्रथ्विया में विश्वास रखते थे। मोहनदास करमचंद गांधी ने संकटग्रस्त विश्व को भारतीय चिन्तन के अनुरूप बनाकर संसार को एक नई राह दिखाई।

आज भी गांधीवाद में सर्वधर्म सद्भाव की निति की महत्वपूर्ण प्रासंगिकता बनी हुई हैं। सर्वधर्म समभाव यानि सभी मतों धर्मों के प्रति समान व्यवहार आज भी सामाजिक एवं सांस्कृतिक अनिवार्यता बना हुआ हैं। धर्म व्यक्ति की व्यक्तिगत आस्था का विषय हैं। उसे सामाजिक स्तर तक आने के लिए सर्वधर्म समभाव की भावना के अंतर्गत आना ही होगा।

धार्मिक कट्टरता आज के समय में आतंकवाद का रूप ले चुकी हैं। जिसका नतीजा हम सभी के समक्ष हैं। मानव धर्म के रूप

में स्वामी विवेकानंद तथा रवीन्द्रनाथ टैगोर ने विश्व को मानवता की राह दिखाई थी। जिस तरह विज्ञान सार्वभौमिक हैं, उसी तर्ज पर धर्म भी सार्वभौमिक होना चाहिए और हमें इस चीज को स्वीकार करने में कोई गुरेज नहीं होना चाहिए।

गांधीवाद के अनुसार एक धर्म को श्रेष्ठ समझने का अर्थ हैं, दूसरे धर्म को हीन समझना। महात्मा गांधी ने दुनिया को इस तथ्य से अवगत कराते हुए धर्म को वैश्विक एवं सार्वभौमिक बनाने का प्रयत्न किया था। आज के आधुनिक समाज में भी संकुचित साम्प्रदायिकता धर्म एवं अंध कट्टरवाद को कैसे स्वीकार किया जा सकता हैं। धर्म को सिर्फ और सिर्फ नैतिकता लेकर चलने से ही हम एक बदलाव ला सकते है।

आज के विश्व संकट का मुख्य कारण वैश्विक राजनीति का सिद्धांतहीन होना हैं। मैकियावेली की निति से असहमत होते हुए, गांधीवाद के अंतर्गत राजनीति में साधन शुद्धि का समावेश कर राजनीति को एक नया आयाम प्रदान किया। गांधीजी ने अन्याय का प्रतिकार करने के लिए शस्त्र के स्थान पर अशस्त्र पर बल दिया। इन्हीं सब चीजों के संग्रह ने गांधी को महात्मा बना दिया।

गांधी जी ने स्पष्ट किया था, कि जिस अनुपात में साधन का उपयोग होगा उसी अनुपात में साध्य की प्राप्ति होगी। गांधीजी का समस्त चिन्तन एवं आचरण धर्म एवं राजनितिकता के सिद्धांतों पर आधारित हैं। गांधी जी की दृष्टि में निति शून्य राजनीति सबसे निकृष्टतम हैं।

आर्थिक क्षेत्र में गांधीवाद के अंतर्गत स्वदेशी एवं विकेंद्रीकरण के विचार का मूल्यांकन किया जा सकता है। वैश्वीकरण के नाम पर शुरू हुए आर्थिक सुधारों से गरीबी मूल्यवृद्धि, बेरोजगारी, विषमता, अपराध, उपभोक्ता संस्कृति में वृद्धि हुई। सिर्फ लाभ कमाने के लिए बाजार अर्थव्यवस्था में उत्पादन किया जा रहा हैं, और प्रोद्योगिकी के माध्यम से प्रकृति से अन्याय कर रहे हैं।

गांधीजी ने प्रकृति एवं मनुष्य के नैसर्गिक सम्बन्धों और स्थायी विकास एवं समुचित तकनीक पर जोर दिया था। गांधी जी ने सादगीपूर्ण जीवन शैली, स्वदेशी की भावना और विकेंद्रीकरण पर बल दिया। जिसके माध्यम से 21वीं सदी में अर्थतंत्र का विकास किया जा सकता हैं। गांधी जी ने पूंजीवाद का इसलिए विरोध किया था, क्योंकि वे मशीनों द्वारा मानवीय श्रम का अपक्षय उचित नहीं मानते थे। जिसका ज़िक्र उन्होंने अपनी पुस्तक हिन्द स्वराज में भी किया था।

गांधीजी का मानना था कि जहाँ सत्य है, वहाँ ईश्वर है तथा नैतिकता इसका आधार है।
अहिंसा का अर्थ होता है प्रेम और उदारता की पराकाष्ठा। गांधी जी के अनुसार अहिंसक व्यक्ति किसी दूसरे को कभी भी मानसिक व शारीरिक पीड़ा नहीं पहुँचाता है।

सत्याग्रह का अर्थ था सभी प्रकार के अन्याय, उत्पीड़न और शोषण के खिलाफ शुद्धतम आत्मबल का प्रयोग करना।

हालाँकि स्वराज शब्द का अर्थ स्व-शासन है, लेकिन गांधी जी ने इसे एक ऐसी अभिन्न क्रांति की संज्ञा दी जो कि जीवन के सभी क्षेत्रों को समाहित करती है।

स्वदेशी शब्द संस्कृत से लिया गया है और यह संस्कृत के 2 शब्दों का एक संयोजन है। 'स्व' का अर्थ है स्वयं और 'देश' का अर्थ है देश। इसलिये स्वदेश का अर्थ है अपना देश। स्वदेशी का अर्थ अपने देश से है। लेकिन ज्यादातर संदर्भों में इसका अर्थ आत्मनिर्भरता के रूप में लिया जा सकता है।

गांधी जी का मानना था कि इससे स्वतंत्रता (स्वराज) को बढ़ावा मिलेगा, क्योंकि भारत का ब्रिटिश नियंत्रण उनके स्वदेशी उद्योगों के नियंत्रण में निहित था। स्वदेशी भारत की स्वतंत्रता की कुंजी थी और महात्मा गांधी के रचनात्मक कार्यक्रमों में चरखे द्वारा इसका प्रतिनिधित्व किया गया था।

Flairs and Glairs, a platform by a student for the students. We are esteemed youth struggling to carve out our path for our future and we follow a basic mindset Since everyone is not born with all-round skills. Joining hands with people who are born to execute it with perfection is the best way to evolve. Self-Evolution is the need of the hour but, evolving as a community is what we strive for. The initiative as kickstarted by, Founder- Mr. Shubham Shah with the motive to utilize the skillset and talent of writing has now a team of 10+ people who are actively participating into newer forms of learning and discovering talents among youngsters. We Provide platform and services like Publishing opportunities, Open mics, Workshops, Hands-on training. Operating with Brand Name of Flairs and Glairs (Publication House), we offer the chance of elevating a passionate writer to an esteemed author With Brand name Teekhe Zasbaaat. We bring to you an opportunity to get accustomed with the Public Speaking and Presenting of Thoughts along with regular challenges to brush up your inking spirit. The newest initiative to extend our services we introduced in a new writing Platform- The Glittering Fables and Ink Over Tears.

We Choose to Fly Like A Falcon than to be a Leg Pulling Crab.

To Know More: Infoline – 7781900870
Mail Us At-
flairsandglairs@gmail.com / info@flairsandglairs.in
Or Visit is at
www.flairsandglairs.com / www.flairsandglairs.in
Social Handles- @flairsandglairs @teekhezasbaaat

www.ingramcontent.com/pod-product-compliance
Lightning Source LLC
Chambersburg PA
CBHW070544160726
48003CB00005B/1878